Die Publikation erfolgte mit freundlicher Unterstützung von

Deutsche Bank Stiftung

Deutsche Kinder- und Jugendstiftung

Friedrich-Ebert-Stiftung

Gemeinnützige Hertie-Stiftung

Klosterkammer Hannover

Berthold Leibinger Stiftung

Moses Mendelssohn-Stiftung

Albert und Barbara von Metzler-Stiftung

Friedrich von Metzler

Friedrich-Naumann-Stiftung für die Freiheit

ZEIT-Stiftung

Weitere Informationen zu diesem Projekt unter
www.verbrannte-buecher.de

BIBLIOTHEK VERBRANNTER BÜCHER

Eine Auswahl der von den Nationalsozialisten
verfemten und verbotenen Literatur

Im Auftrag des
Moses Mendelssohn Zentrums
für europäisch-jüdische Studien

herausgegeben von
Julius H. Schoeps

in Verbindung mit
Simone Barck (†), Gerhard Bauer,
Margrid Bircken, Uri Faber, Arcady Fried,
Gert Mattenklott, Helmut Peitsch,
Silvia Schlenstedt, Werner Treß,
Clemens Zintzen

Redaktion
Karin Bürger und Ursula Wallmeier

Anna Seghers

Auf dem Wege zur amerikanischen Botschaft

und andere Erzählungen

Mit einem Nachwort von
Silvia Schlenstedt

Georg Olms Verlag
Hildesheim • Zürich • New York
2008

Die Deutsche Nationalbibliothek verzeichnet diese Publikation in der Deutschen Nationalbibliografie; detaillierte bibliografische Daten sind im Internet über http://dnb.ddb.de abrufbar.

Originalgetreuer Nachdruck der Ausgabe Berlin 1930
Lizenzausgabe gedruckt mit freundlicher Genehmigung

Vorliegende Ausgabe erschien erstmals 1930 im
Gustav Kiepenheuer Verlag, Berlin.
Die Anna Seghers Werkausgabe erscheint bei Aufbau.
Gustav Kiepenheuer und Aufbau sind Marken der
Aufbau Verlagsgruppe GmbH.
– Diese Ausgabe wurde vermittelt durch die
Aufbau Media GmbH, Berlin –
Georg Olms Verlag, Hildesheim 2008
Gedruckt auf säurefreiem, alterungsbeständigem Papier
Herstellung: GGP Media GmbH, Pößneck
Printed in Germany
Umschlagentwurf: Anna Braungart, Tübingen
www.olms.de
ISBN 978-3-487-13617-2

ANNA SEGHERS

AUF DEM WEGE ZUR AMERIKANISCHEN BOTSCHAFT

und andere Erzählungen

BERLIN 1930

GUSTAV KIEPENHEUER VERLAG

INHALTSVERZEICHNIS

Die Novellen wurden in den Jahren 1926—1930 geschrieben

DIE ZIEGLER

AN einem Herbstnachmittag, welcher die Lichter der kleinen Stadt eher beschwichtigte als hervorlockte, stand Marie, das Geld für die abgelieferte Strickware in der Hand, vor der zugeschlagenen Tür im Treppenhaus in der Betzelsgasse. Sie preßte die Hand zu und stieg eine Treppe tiefer. Es war fast dunkel. Die Messingkugeln auf dem Geländer glänzten, die roten und blauen Scheiben im Treppenfenster hatten geglüht, wie sie heraufgestiegen war; jetzt waren sie trübe. Sie trat in das Fenster, zählte ihr Geld hin und steckte es ein. Sie stieg weiter, ganz langsam, bis zum nächsten Absatz, da blieb sie wieder stehen. Sie sah sich um; die Messingkugeln waren jetzt schmale Halbmonde. Sie zögerte, als erwarte sie etwas. Ihr Herz zog sich zusammen vor Angst oder vor Kummer. Sie beugte den Kopf und wartete. Es kam aber nichts. Langsam und widerwillig zog sich ihr Herz zurecht. Sie verstand gar nichts, sah sich verwirrt um und drückte sich dicht an das Fenster. Sie preßte ihr Gesicht an das einzige helle Glas unter den vielen bunten. Zwischen den angrenzenden Häusern war ein Hof, gegen die Mauer gestapelte Säcke, eine Laterne, ein ausgespannter Wagen; ein Arbeiter wartete auf den anderen, dessen Arme in die Jacke fuchtelten. Sie sah herunter, bis er die Arme in den Ärmeln hatte, dann lief sie auf die Straße.

Die Laternen waren schon an. Bebautes Land war so nahe, daß es nach Herbst roch. Auf dem offenen Platz vor den Schaufenstern ratterten die letzten Läden herunter. Sie lief schneller, weil sie fror. Vor ihr her liefen zwei Mädchen, lachten und schlenkerten. Sie erkannte von hinten ihre roten und dunkelblauen Mützen. Sie hatten letztes Jahr in der Schule vor ihr gesessen. Sie erschrak und ging langsam. Aber die Mädchen blieben stehen und sahen sie an, — „ach, Marie!" Die Mädchen standen schön und aufrecht auf hohen, hellen Beinen. „Was machst Du denn jetzt?" „Ich helf zu Hause". Die Mädchen betrachteten sie, sie preßte den Mund zu. Die Mädchen kannten auch noch ihr Kleid, ihr Halskettchen, ihren Scheitel, ihre hellen Brauen. Alles war wie vor Ostern, nur ein bißchen verschwommen. Sie wurden verlegen und gaben sich die Hände.

Im eigenen Hausflur stand ein Geruch von angebranntem Fett. Sie spürte plötzlich nur ihren Hunger, sonst gar nichts. Sie schellte, fuhr wartend mit dem Zeigefinger die Buchstaben auf dem blankgeriebenen Schild nach: Ziegler. Im Wohnzimmer unter dem Spiegel auf dem Sofa saß ihre Schwester Anna und ein junger Mensch, ihr Verlobter. Anna trug eine weiße frische Bluse und einen enggezogenen Gürtel. Sie war ein schönes Mädchen. Ihr Gefährte hielt ihre Hand und strich mit dem Daumen über die Handfläche, da glänzten ihre Augen. Die Falte auf seinem übergeschlagenen Bein lief in einem festen Strich durch das leere, angedunkelte Zimmer. Marie schlupfte in die Küche. Der kleine Bruder lernte hinter dem Tisch. Sein rundes, bleiches Gesicht schwebte über dem Tisch, wie ein kleiner Mond, aus dem genug Helligkeit auf das Heft fiel. Die Mutter zerhäckelte Heringe zu Salat, sie fragte: „Ist was nachbestellt?“, „Friedlers ja und Karstens nein“. Marie sah starr auf die Hände der Mutter, die das Ei in dünne Scheiben zerschnitt und ein Muster auf den Salat drückte. Da, wo der Hunger gewesen war, war jetzt etwas Klebriges, Widerwärtiges.

Sie gingen zusammen herüber. Die jungen Leute setzten sich vom Sofa an den Tisch, der Mutter gegenüber. Die beiden Kinder drückten sich an die Wand, still und flach, als wollten sie den Raum sparen. Der Vater kam herein. Er hatte im Schlafzimmer gesessen, am hinteren Fenster und herunter gesehen, auf das weiße, kahle Hofviereck. Er war ein wenig eingeschlafen. Als er aufwachte, war es dunkel und nichts verändert. Nur unter der Tür war ein heller, dünner Streifen. Da bekam er Lust auf Licht und ging herüber.

Er setzte sich nicht an den Tisch, sondern aufs Sofa, als hielte auch ihn etwas zurück, den Raum in der Mitte zu schmälern. Der junge Gintler hätte ungern die Hand des Mädchens losgelassen, aber es waren auf einmal so viele Gesichter in diesem Zimmer, dicht bei ihm. Als ob sie sein Unbehagen erraten hätten, drückten sich die Kinder tief in die Wand hinein und der Vater ins Sofa; da dachte er, ich werde wohl bleiben.

Marie ging leise herum und deckte sachte den

Tisch. Bevor man ihre Hände sah, waren sie schon weggezogen. Alle fuhren zusammen, als es schellte: der ältere Junge. Jetzt war es voll und eng. Seine langen Glieder flochten sich durch das Zimmer. Auf dem Boden gab es eine Spur von lehmigen Sohlen. Er lehnte sich neben die Geschwister, sah fest dem Bräutigam ins Gesicht und trat an den Tisch. Da wo er gelehnt hatte, war jetzt auf der Wand ein feuchter Fleck. Alle sahen hin. Der junge Gintler ließ die Hand des Mädchens los. „Ich muß ja wohl jetzt heimgehen." Als er gegangen war, setzten sich alle zum Essen um den Tisch. Sie zögerten einen Augenblick, das Muster aus Eierscheiben in der Schüssel zu zerstören. Die Mutter langte zu. Unter ihrem ruhigen Blick kam etwas Festes, Ordent liches in alle Sachen, etwas Sattes in die Speisen. Nur der ältere Junge aß für sich allein mit vorgebeugtem Hals. Er schrappte seinen Teller, sah den leeren Teller mit zugekniffenen Augen an, fuhr fort zu scharren, böse, wie ein Hund scharrt. Endlich sagte der Vater, als ob es nichts Besonderes wäre: „Hör doch auf mit dem Schrappen", der Junge legte den Löffel hin, nachdem er noch einmal hart über den ganzen Teller gefahren war und lachte mit bösen, blanken Zähnen.

Morgens schloß Marie die Werkstatt auf, die zu ebener Erde hinter dem Hof lag, sie zog die Läden hoch und struppte den Sack von der Maschine. Sie drehte mit dem Fuß das Rad an. Der Tag zischte los mit Fi Fi, das fad und dünn wurde, wie das ewige Zirpen einer Grille. Ihre Hände lösten die Hebel ab, verwickelten sich in eine wütende Folge von Griffen. Zwischen den Klammern fing das Stück rostrote Gewebe mit einem Ruck zu leben an. Auf der Walze, auf Mariens Händen lag schon ein feiner, rötlicher Wollstaub. Ihre Hände waren vergessen, wie abgeschnitten.

Sie sah den Briefträger über den Hof kommen und runzelte die Stirn. Der Briefträger legte Post auf den Tisch, und sah lächelnd mit zu. Marie drückte ihn in den Hof zurück mit einem bösen Blick. Kleine, helle Hämmerchen klopften ihre Stirn, die Sonne stellte ein wenig Licht in das Hoffenster. In den Gestellen an der Wand blühten die Wollvorräte auf in glühenden nutzlosen Farben. Jemand schlürfte über den Hof, der Vater. Er setzte sich vor das Pult, mitten in die flimmernde Wolke von Sonnenstäubchen und machte die Post auf. Im vorigen Winter hatten sechs Mädchen in der Werkstatt gestanden. Marie hatte an Ostern die sechste abgelöst. Der Vater warf die Post zurück und kniff die Augen zu. Da gab es noch Marie und in den Gestellen leuchteten rot und blau die Reste von Wollvorräten. Er sagte: „Warum haben Karstens nichts bestellt?“ Marie sagte: „Eins kann doch nicht immerzu als was bestellen.“ Der Vater sagte rechthaberisch, als streite er mit den widerspenstigen Karstens: „Solche Einzige müssen doch was bestellen, wir kommen bei den anderen nicht nach.“ Er fügte hinzu: „Die Mädchen sind alle zu Matthäus gegangen.“ Marie sagte: „Wir kommen vielleicht doch nach.“ Der Vater stand auf und fühlte mit der Hand in die Gefächer. Er kreiste rund um Marie herum, blieb irgendwo hinter ihr stehen und betrachtete ihren Rücken, der sich gleich zusammenkrümmte. Er fing von Neuem an: „Es ist schon ganz kühl hier und mittags ganz dunkel. Droben in der Wohnung wäre es viel besser für Dich, viel wärmer. Es bleibt auch länger hell.

Man könnte zum Beispiel die Maschine gegen das Schlafzimmerfenster stellen.

Man kann das hier vermieten. Die Gestelle gehen gut herauf und Du, Spätzchen, Du nimmst ja gar keinen Platz weg."

Er berührte ihr Haar, Marie fuhr zusammen, weil sie nicht gemerkt hatte, daß er so nah hinter ihr war. Der Vater zog die Hand zurück und wartete. Marie sagte: „Ja, das kann man." Der Vater entfernte sich über den Hof, nicht mehr schlürfend, mit leichteren, jüngeren Schritten.

Das helle Wölkchen vom Sonnenstaub rückte von seinem leeren Stuhl weiter, erreichte Marie, umschloß ihren Kopf, ihre Schultern. Da war es ihr warm auf den Augenlidern. Hinter dem Fenster auf dem Hof in einem viel zu harten Sonnenschein standen ein paar Frauen mit Milchkannen. Die lachten wie verrückt, die schüttelten sich vor Lachen. Dann war es vollkommen still. Auf einmal zog es sich in ihr zusammen, wie gestern Abend, ein Unglück mußte doch ganz nah sein, oder ein Gram, sie spürte ja schon die scharfe Kante von etwas Schwerem, Hartem. Sie konnte sich aber nicht ganz genau besinnen, weil sie zu müde war. Alle Müdigkeit kam aus einem winzigen Punkt zwischen ihren zwei Augen. Ohne den hätte sie fliegen können. Dann rief die Mutter aus dem Schlafzimmerfenster: Marie, essen.

Droben waren alle gut zu ihr. Sie war erleichtert zwischen Bruder und Schwester am ruhigen Mittagstisch in einen festen Ring gefaßt. Die Mutter faltete nachher das Tischtuch, legte es aber nicht in die Schublade, sondern nahm auf einmal, als ob sie damit etwas Besonderes vor hätte, das Brot aus dem Korb zurück, den Anna heraustragen wollte. Sie legte aber das Brot auf den Stuhl und setzte sich aufs Sofa. Die Kinder betrachteten aus der Tür die Mutter. Die stemmte die Arme rechts und links auf das Sofa und wiegte den Oberkörper hin und her und bewegte die Backen, als kaue sie Tränen. Der Kleine kam furchtsam zu ihr heran und berührte ihr Knie. Da packte ihn die Mutter mit ihren beiden Händen an den Schultern und schüttelte ihn hin und her. Sie ließ ihn gleich los, aber das Kind bebte in seiner verrutschten Bluse, als würde es immer weiter geschüttelt. Da sah ihn die Mutter an, ihr Blick wurde jetzt fester, zog ihn wieder an sich, streichelte ihn und drückte sein Gesicht an das ihre. Sie erblickte jetzt auch verwundert das Brot auf dem Stuhl und hob es auf. Sie richtete sich ganz hoch mit ihrem alten ruhigen festen Blick, als fordere sie die Dinge auf, die eben durcheinandergefallen waren, wieder an ihre Plätze zurückzukehren.

In der Werkstatt lag der Staub, wie heller Flaum auf den Wänden. Marie hatte aber kaum begonnen, als alles tot und grau wurde. Auf der Mauer lagen rote Tapfen von Sonne, sie hing sich daran, hätte sie an sich ziehen mögen, tief in sich hineinstopfen, wo es ganz hohl und leer war. Sie struppte den Leinwandsack über die Walze. Der ältere Junge lief über den Hof, drückte sein Gesicht gegen das Fenster und riß das Maul auseinander. Marie graulte sich, da riß er erst recht. Auf einmal war er weg. Marie trat heraus und sah sich furchtsam um, in dem leeren stillen Hof. Da war sein Gesicht über der Hofmauer.

Der Junge rannte die Gasse hinunter auf den freien Platz, schnaufte und dachte nach, er sah rund um sich in die Öffnungen der kleinen, krummen Gassen und dann aufwärts gegen den wolkigen, kaum gestirnten Himmel. Er rannte los. Aus irgend einem entfernten Wald trieb der Wind durch die leere Stadt ein paar Buchenblätter. Auf der Eisenbahnbrücke am Geländer klebten ein paar Buben, sie starrten herunter in den Bahnsteig, der schon für den Spätzug erleuchtet war. Sie warteten bis der Zug kam und wieder abfuhr in die windige unerschöpfliche Nacht. Wenn sie sich eilten, konnten sie dann von den Wällen aus noch einmal denselben Zug über die Flußbrücke in die Ebene hineinschießen sehen, mit einem hellen Schweif auf dem Wasser. Sie stiegen die Wallstraße herauf. Sie liefen weiter gegen die Kaserne. Zwischen der Rückmauer und dem Wall drückten sich schon ein paar herum, weil da die Kantinenfenster waren. Da war auch eine freche, ruppige, strohfarbige Elise und eine kleine Bucklige, über die man schon von weitem die Soldaten lachen hörte. Hinter dem Drahtgitter im Hellen bewegten sich dicke, weiße Hände und klobige, lachende

Köpfe. Wie eine durch ein Sieb gepreßte Masse quoll durch das Gitter ein dicker Schwaden von Hitze, Schweiß- und Suppengeruch. Durch den Spalt zwischen Gitter und Fensterbrett wurden zuck, zuck, Scheiben Kommißbrot geschoben, manchmal mit einem Happen Schmalz. Elise brachte ihren dürren Arm unter dem Gitter durch, die Soldaten zerrten, um mehr von ihr zu kriegen. Auf einmal ging im Innern der Kaserne etwas vor, Geschirr klirrte, alles rannte nach hinten. Das Licht ging aus und die Fenster flogen zu. Elise brachte mit glänzenden Augen ihre rote, zerschundene Faust voll zerquetschtem Brot an sich.

Zwischen Wall und Mauer war es jetzt kalt und dunkel. Sie liefen vor dem Wind in den Wallgraben. In seinem Innern wuchs ein Gestrüpp, das von oben schwarz und grundlos aussah, wie eine Untiefe. Die kleine Bucklige kroch ein Stück bergab, kam aber wieder. Dann krochen Elise und noch einer und blieben drinnen. Dann kletterte ihnen noch einer nach, und der erste kroch wieder heraus und hockte sich hin und starrte zurück in das dunkle, verquollene Gestrüpp. Der Junge wäre jetzt auch gern herunter gestiegen. Er hätte auch gern den Zurückgekehrten gefragt, der war aber so verkniffen und merkwürdig, daß er gar nicht fragte und alles zum nächsten Mal aufschob.

Wie er dann später in die Stadt zurückkehrte, durch die stillen ausgelöschten Gassen, legten sich ihm die vollen Mitternachtsschläge schwer aufs Herz. Er erschrak auch, weil vor der Haustür jemand wartete. Dann waren es aber nur die Schwester und der Verlobte. Sie ließen sich los und starrten in das von Fett und Erde beschmierte Gesicht des Jungen. Anna ließ ihn herein. Sie öffnete die Wohnzimmertür und legte sich aufs Sofa, und er ging durch die Küche, die leise klirrte und legte sich in die Kammer zu seinem kleinen Bruder.

Marie rückte den Tisch an die Wand, kletterte herauf und räumte die Wolle aus den oberen Gefächern, sie trug das Zeug durch den Hof, so schnell, daß die Frauen mit den Milchkannen gar nicht verstanden, was sie herumtrug. Der Vater öffnete ihr verwundert die Tür, als hätte er die Abmachung vergessen.

Er nahm die Sachen ab und streichelte ihren tiefgesenkten Kopf. Er legte alles auf die Bank, auf der Marie zu schlafen pflegte, am Fußende der beiden schwarzen, großen Betten. Er sah sich unschlüssig um, dann fing er an, zu erklären, wie sich in diesem Zimmer alles verändern sollte. Er streckte den Arm aus und beschrieb mit dem Zeigefinger die künftige Linie der Gestelle. Marie hob den Kopf nur ein wenig, als bereite es ihr Anstrengung, dieser Beschreibung zu folgen. Dann brach der Vater ab und fing schnell an, die Photographien von den Nägeln zu reißen. Als er die erste Photographie herunterriß, fiel das Drückende, Schwere von ihm ab, das das ganze Jahr sein Herz zerquält hatte. Er klapperte mit seinen flink gewordenen Händen in den Bildern herum. Marie trat aus der Tür und räumte das Wandbrett ab. Sie schleppten zusammen den Waschtisch um die Betten herum und steckten die Vorhänge hoch. Marie preßte den Mund zu, ihre Stirn glänzte, aber der Vater pfiff und lachte, wenn das Möbel anstieß und ein Stückchen Tapete abfetzte, und er spuckte sich auf die Finger und klebte es wieder an. Dann lief er auf einmal weg, um Nachbarn zu holen, die ihm helfen sollten, die Gestelle und die Maschine heraufzuschleppen. Rund um den Hof klappten die Fenster hoch, um zu sehen, was da drunten gerollt und geschrieen wurde. Denn der Vater, der sich sonst abseits hielt und leise auftrat, lärmte jetzt in den hellen Sonnenschein, schrie mit rotem Gesicht seine Anordnungen und klatschte in die Hände. Als dann die Männer gegangen waren, setzte er sich auf ein Bett, obgleich er beim Tragen nicht geholfen hatte. Er deckte sein Gesicht mit den Händen zu. Marie sah auf ihn herunter, sie hatte vielleicht noch nie seinen Kopf ganz von oben gesehen, weil er ein großer Mann war, die Haut war weiß, wie Wachs, die Haarbüschel waren vergilbt und an den Spitzen wie versengt. Er stand seufzend auf mit seinem alt und schwer gewordenen Körper. Er sah sich um, erblickte die Gestelle, und die Wolle und die Maschinen, das ganze Zimmer voll und erschrak. Sein Blick fiel auf den Pack Photographien auf dem Nachttisch, er griff darin herum, da sagte Marie: „Sie kommen schon“. Die Mutter und Anna kamen vom Markt heim. Sie blieben verwundert vor dem Wohnzimmer stehen, das sie geputzt hatten, bevor sie weggegangen waren. Jetzt war es schmutzig und vertreten. Der Vater trat in die Tür und sagte ruhig: „Wir sind schon mit allem fertig“. Die Mutter sah sich mit aufgerissenen Augen um, schwieg und preßte die Türklinke fest in der Hand. Dann sagte sie: „Ihr hättet die Betten zudecken sollen“. Sie sah einen Riß in der Tapete und fuhr mit dem Daumen herüber. Sie sah sich noch einmal, ernster, um, aber nichts richtete sich, alles blieb wie es war, rot und blau und gelb und kreuz und quer. Da drehte sie sich um und ging ins andere Zimmer. Marie fing an einem Ende an aufzuräumen. Der Vater fragte: „Marie?“, vergaß, wonach er sie fragen wollte und sah sie nur an. Er sah sie an, wie man jemand ansieht, vor dem man sich gar nicht schämt, er hatte solche Angst in den Augen.

Die Schwestern fegten die Werkstatt. Jetzt, wo sie leer war, war sie ein großer, luftiger Raum. Anna redete immerfort von dem jungen Gintler. Marie wünschte sich, sie möchte zu reden aufhören. Die Tage waren rund herum fest geschlossen, sie hatten vielleicht irgendwo einen Spalt, durch den man durfte, wenn man was vorzeigte, Anna zeigte ihr schönes Gesicht und wurde durchgelassen.

Droben hatte die Mutter auf den gedeckten Tisch das Veilchensträußchen gestellt, das der junge Gintler gebracht hatte. Alle um den Tisch aßen müde und langsam. Nur der Junge tippte an die Veilchen und lachte mit bösen, jungen Zähnen, weil etwas anders war.

Drunten lagen die grauen, toten Fenster der Werkstatt — schon vergessen. Aus dem nähergerückten Himmel kam ein roter Abfall aufs Fensterbrett, auf Mariens Arme. Der Vater war in die Stadt gegangen, um mit Matthäus wegen der Novemberlieferung zu sprechen. Der Kleine lernte am Küchentisch. Der junge Gintler saß schon neben Anna auf dem Sofa, hielt ihre Hand und wünschte sich ihre Brust, ihren jungen Körper. In dem abendlichen Zimmer schwebten die weißen Wolken von Vorhängen. Boden und Tischplatte glänzten noch immer in der Dämmerung, auf den blanken Flächen schienen die Möbelstücke und Vasen zu schwimmen.

Auf einmal, als ob sich alle nur mit Mühe zurückgehalten und in die Winkel versteckt hätten, kamen die Menschen aus allen Türen.

Der Vater kam von der Treppe, Marie aus dem Schlafzimmer, die Mutter mit dem Kleinen aus der Küche. Sie baten den Gintler zum Abendessen zu bleiben, er mußte aber heimgehen.

Der Vater grämte sich wach auf dem Bett, daß ihm gerade der alte Matthäus solche Antwort gegeben hatte. Er, Ziegler, hatte zu dem alten Matthäus bitte und danke sagen müssen. Sie waren zu gleicher Zeit in der Schule gewesen, hatten zu gleicher Zeit ein Gewerbe angefangen, geheiratet und Kinder aufgezogen. Dann war dieser Abend gekommen, an dem man sie einander gegenübergestellt hatte, und nicht dem Matthäus, sondern ihm, Ziegler, hatte man etwas Bitteres in die Kehle gegeben. Auf dem Heimweg war er an dem Vater Gintler vorbeigekommen. Sie hatten einander gegrüßt, aber er hatte ihn böse angesehen. Er trug es ihm nach, daß sein Sohn die junge, schöne Tochter aufsuchte. Mit mattem, kränkendem Gruß erinnerte er ihn an seine Pflicht, diesen einzigen Sohn aus seinem angebröckelten Wohnzimmer zum Vater zurückzuschicken. Heute

Abend hatten an seinem Weg alle älter gewordenen Männer der Stadt gestanden, sie ließen ihn in der Mitte durchgehen, und betrachteten kalt und erstaunt seinen grauen Kopf.

Er hatte nichts Unrechtes getan, manchem gelang es, und manchem nicht. Elliser ging es noch schlechter als ihm, von seinem Geschäft war gar nichts übrig geblieben. Er ging um 10 Uhr eins trinken. Er hatte ihn mal ohne Weste mit einem verrutschtem Vorhemd getroffen. Er selbst hatte einen schwarzen Sonntagsanzug, zwei Werktagsanzüge und einen alten, abgetragenen. Er rechnete in die Morgendämmerung herein, wann er den alten abgetragenen gekauft und wie lange er gehalten hatte. Morgens erzählte er Marie, was mit Matthäus gewesen war. Marie erwiderte nichts. Da kam es ihm nicht mehr so schlimm vor.

Samstags zog sie sich an, legte die Sachen in den Korb und ging in die Stadt. Neben der Tür stand ein Eimer Wasser, der Teppich war zurückgeschlagen, die Mutter rieb. Das war merkwürdig, die Mutter reiben zu sehen, dicht auf dem Boden, wie ein breites, niedriges

Tier mit grauen und schwarzen Haarschwänzen. Sie sah auch von unten nach Marie hin mit dunklen, traurig glänzenden Augen, wie Tiere auf der Straße. Marie wunderte sich, Anna machte sonst immer den Boden. Sie hörte noch hinter der Tür die Mutter reiben und reiben, als gäbe es etwas verborgen unter dem Fußboden.

Draußen war es schon dunkel. Es war kalt, auf dem offenen Platz sogar schneidend kalt. Marie ging zuerst in die Werkstatt von Matthäus. Dort blieb der größte Teil. Vor dem hinteren Ausgang warteten ein paar Burschen und traten von einem Fuß auf den anderen. Marie ging auf die andere Seite, aus der Torfahrt kam ein Geräusch von Geschwatz, Schritten und Lachen. Gesichter und Burschen und Lachen, alles war weit weg, wie Sachen im Traum, unverständlich auf eine dunkle Wand gesetzt.

Sie hatte an vier, fünf einzelne Familien Ware abzuliefern mit neuen Ärmeln und eingesetzten Rückenteilen. Einer nahm ihr alles in der Flurtür ab, andere führten sie ins Wohnzimmer. Es war heiß, es roch nach Kaffee, eine Uhr tickte. Ein Knabe mit einer

Brille sah von einem Bilderalbum auf. Jemand redete ihr freundlich zu und bot ihr einen Stuhl an. Sie trat dicht an den Tisch und setzte sich nicht. Einen Augenblick gehörte sie in das helle Kreisrund der Lampe herein. Es wurde hell in ihr, ihre Wünsche, ihr Kummer, ihre Angst. Die Frau hatte jetzt nichts für sie, aber die nächste Woche.

Wo anders nahm jemand eine Schale vom Büfett und bot ihr einen Zwieback an. Sie errötete, faßte ihn und biß schnell die Spitze ab, sie erschrak und hielt ihn in der Hand. Sie lief so schnell wie möglich die Treppe herunter, sah sich um und aß ihn auf.

Auf der Treppe war es wie ausgestorben. Sie läutete und wartete beklommen. Hinter der eigenen Tür war es so still, als ob alles aufgehört hätte. Sie läutete noch einmal, ihr kleiner Bruder öffnete, am ganzen Körper zitternd, bis in die Haare und Fingerspitzen. Die Tür zum hellen Wohnzimmer stand sperrweit offen. Auf dem Fußboden zu ihren Füßen war noch die Mutter, aber sie hockte nicht mehr, sondern lag flach und dicht auf dem Boden. Sie drehte den Kopf herum: „Marie“. Zwischen ihren Beinen floß Blut heraus. Es kam aus den Röcken herausgeflossen, auf den blankgeriebenen Boden und wurde langsam mehr. Die Mutter lag da wie ein Sack, den man einfach umgestülpt hat, daß das Innere, das man gar nicht sehen will, herauskommt. Marie griff ihr unter die Schultern, sie wurde hart wie Eisen, die Mutter faßte an ihr hoch, sie brachte sie ins Bett. Sie nahm den Spüllumpen aus dem Eimer, wischte alles auf und schob den Teppich zurecht. Jetzt kamen alle heim und erfuhren, daß die Mutter krank war. Die Frau, die auch gekommen war, sperrte sich mit der Mutter ins Schlafzimmer ein. Durch die Spalte kam ein fremder Geruch, daß sich alle vor Grauen krümmten. Sie saßen mit gesenkten Köpfen um den Tisch herum, ihr Schrecken legte sich, sie wurden schläfrig. Sie schämten sich einander zu fragen, wie es heute mit dem Essen sein sollte. Sie sehnten sich, es möchte wie jeden Abend sein, Nachtessen und Schlaf. Auf einmal kam die Frau heraus, wach, frisch und zufrieden, weil alles in Ordnung war. In der offenen Tür lag die Mutter auf dem Bett mit rotem Gesicht und harten, glänzenden Augen. Alle wandten die Blicke nach ihrem Gesicht hin, das Zimmer drehte sich ein wenig um seine Achse, um alle Sachen nach diesem Punkt zu richten. Die Mutter sah durch die offene Tür ihre Leute. In ihrem Kopf summte ein Schwarm von Gedanken. Das Nachtessen, der kleine Junge, der Wochenmarkt, die blutige Wäsche. Aber ein neuer Gedanke, stärker und dröhnender, als diese winzigen stechenden Gedanken, stieg tief aus ihrem Inneren herauf: ‚laß laufen'. Sie drehte das Gesicht nach der dunklen Seite. Im Zimmer sahen sie dann von der Tür weg und gingen bald auseinander.

Der Junge klatschte mit frechen Schritten das Pflaster, hielt sich nicht auf der Brücke auf, rannte sofort gegen die Wälle. Er war der Erste. Er packte das Gitter der Kantine mit beiden Fäusten und rüttelte es zornig. Von ihm mochten sie im Dunkeln nichts anderes erkennen, als einen Streifen leuchtender Zähne. Sie hielten ihm einen Knorzen Brot hin, hart wie Eisen. Er drückte es aber fest in die Kiefer und zermahlte es mit gerunzelter Stirn. Schließlich kamen die anderen auch und schubsten ihn weg, weil er schwer und satt war. Sie stiegen die Wälle herauf.

Die kleine Bucklige war nicht dabei, aber Elise und zwei große, breite Mädchen, Emils Schwestern. Dann war es wie alle Abende. Elise kletterte tief herunter ins Gestrüpp, versteckte sich und miaute wie ein Kätzchen beim Ersaufen. Obwohl alle wußten, daß es Elise war, rückten sie doch zusammen und graulten sich. Eins der breiten, immerzu stummen Mädchen, saß neben dem Jungen und machte die Knie wie eine Schere immerfort auf und zu. Dann wurde es dem Jungen zu dumm, er kugelte sich den Abhang herunter bis in die Mulde. Es wurde aber nicht viel daraus, weil es plötzlich droben Lärm gab. Eine Wache blendete mit ihrer Laterne den Wall ab und griff einen heraus. Die beiden großen Mädchen, welche den ganzen Abend so wenig wie Taubstumme geredet hatten, fingen auf einmal an, unglaublich schnell und sonderbar zu schimpfen.

Ende der Woche stand die Mutter wieder auf und arbeitete, sie bürstete ein paar Schuhe, kochte eine Suppe, staubte eine Ecke ab, und setzte sich wieder. Anna machte allein weiter. Die Körbe fingen an, von zerrissenen

Strümpfen und schmutziger Wäsche überzulaufen. Die Mutter betrachtete sie mit fremden, gleichgültigen Blicken und drehte den Kopf weg. Gar nichts Besonderes geschah, wenn alles blieb wie es war. Die Hose des Kleinen schabte ein wenig mehr ab, ein Knopf an der Weste baumelte und ging vielleicht verloren. Das war noch kein Grund, die schwachen, prickelnden Beine gegen den Boden zu stemmen und den schweren Rumpf darauf.

Sie stellte aber doch eines Mittags den Waschtrog auf den Herd. Sie seifte alles ein und war fast fertig, als Anna vom Markt heim kam. Sie preßte die Lippen aufeinander und wrang die Stücke aus. Als alles weiß an der Leine hing, setzte sie sich davor und sah es an. Ihr Gesicht war bös und müde. Aus schiefen und runden Löchern maulten alle Stücke zu ihr hin. Sie hatten sie untergekriegt und gezwungen, sie weiß zu reiben, bis ihr Daumen wund und ihr Leib schwach war.

Der Vater schlief jetzt, wo Anna geschlafen hatte, auf dem Sofa im Wohnzimmer. Am Abend, als sie neben dem jungen Gintler auf dem Sofa saß, erblickte sie unter dem Tisch einen Filzschuh. Sie erschrak und ließ Gintlers

Hand los, bückte sich nach dem Pantoffel und warf ihn schnell durch die Schlafzimmertür, wo alles andere war.

Der Vater zog die Pantoffel über seine Socken, aber gleich darauf besann er sich anders und zog Stiefel an. Er murmelte, als sie ihn fragten, wohin denn. Wohin denn sollte er sich wenden mit seinem armen, schweren, breiten Körper, der groß und stark genug war, daß sich Kinder und Enkel an ihm hätten aufrichten können, jetzt aber nichts als ein ungefügiges Ding, das viel Raum brauchte, in das man viel Essen hineinstopfen mußte und an dem viel zu nähen, zu bügeln und zu stopfen war. Er war doch noch immer der Vater. Er allein wußte, worum es ging. Die anderen seufzten und krümelten und wußten heute so wenig wie gestern. In ihm allein, dem Vater, war der richtige Gram. Ohne den Vater hätte es in der ganzen Familie keinen schrecklichen Gram gegeben. Er war noch niemals weggelaufen, nur um draußen zu sein. Er lief die Gasse entlang. Hatte man mal die Tür im Rücken, dann ging es weiter, heute ein Stück und morgen ein Stück, der Tod fiel ihm ein. Sein trauriges Herz schwemmte über in den offenen, dunklen Platz. Er lief weiter. In der leeren Stadt klapperten nur wenige Menschen herum, wie Würfel, die man in einem Becher schüttelt. Vor seinen Augen kam aus einer Kneipe mit einer Tür voll Geschrei und Gedudel ein angetrunkener Mann. Er torkelte ein Stück, steifte sich schnell in der kalten Luft. Sie erkannten einander. Der Mann, Ellisen, begann zu reden. Ziegler wäre besser auf die andere Seite gegangen, aber die glänzenden Augen des Angetrunkenen waren das einzige Helle in der ganzen Stadt. Er hatte traurigen Wein gehabt und ging jetzt wo anders hin, weil er in dieser gottverfluchten Nacht nicht heim wollte, ohne Lustigkeit. Er beschuldigte zwei oder drei Bürger der Stadt, sein Leben zerstört zu haben, seinen Besitz veruntreut. Er verhöhnte und verfluchte sie. Er war bereit, einen Stein in ihre Fenster zu werfen, wo sie im Hellen und sicher saßen, während unsereins zugrunde ging. Ziegler folgte ihm widerwillig Schritt für Schritt. Er dachte verzweifelt, was will er denn von mir. Für wen hält er mich denn, erkennt er mich denn, weiß er, daß ich Ziegler bin? Unsereins hat er gesagt. Ist denn etwas an mir, fehlt denn meinem Mantel was oder meinen Schuhen was?

Über die Biegung der Gasse schob sich das Wirtshausschild. Ellisen wurde schweigsam. Er vergaß seinen Begleiter, lief voraus und öffnete schnell die Tür. Jetzt erschrak Ziegler, weil er allein war und lief ebenso schnell nach.

Es war ein anständiges Lokal. Ziegler kannte den Wirt, der ihm die Hand gab. Die Tische waren weiß gedeckt. Er hörte seinen Namen rufen. An dem großen Tisch unter dem Spiegel saß der alte Matthäus selbst und einige andere. Sie begrüßten Ziegler und rückten auseinander. Ziegler beruhigte sich, hörte ihre Geschichten an, lachte und wußte selbst welche. Er suchte sein Gesicht über dem Tisch im Spiegel. Er entdeckte es zwischen den anderen Gesichtern, über dem weißen Tischtuch im angelaufenen Glas. Es war sogar seinen eigenen Augen fremd, so ähnlich war es den anderen Gesichtern. Da dachte er, daß alles in Ordnung kommen und sich zum Bessern wenden würde.

Marie warf sich auf ihrer Bank herum, am Fußende der großen eichernen Betten. Menschen und Möbel füllten das Zimmer mit schwerer Dunkelheit. Hinter den Vorhängen über dem Hof waren nacheinander die Lichtchen ausgegangen. Das bleischwere Zimmer war immer tiefer in die Nacht gesunken. Marie zitterte vor Angst. Niemand konnte sie hier finden. Vielleicht suchte jemand gerade nach ihr, Tag und Nacht, ohne Unterlaß, suchte nach Marie auf allen Straßen und Plätzen, sie war aber unauffindbar. Nicht einmal Gott konnte sie erkennen, mitten im Innern dieser schwarzen Dunkelheit auf ihrer Bank im Schlafzimmer. Sie fühlte ihre Haut an, ihre Brust, ihren Leib. Ihr Körper war nicht zerschmolzen und war noch bei ihr, er verließ sie nicht. Sie schlief ein wenig. Sie sah auf einmal, wie ihre Mutter und ihre Schwester sich hochgehockt hatten und ihre Kinne auf die Bettpfosten gestemmt und ihr aufmerksam und gleichgültig mit zusahen. Sie fuhr vor Schreck hoch und stieß mit dem Kopf gegen das Holz und wachte auf. Nebenan ging eine Tür, eine Minute lang gab es einen hellen Spalt. Die Nacht lief weiter. In unermeßlicher

Entfernung schrie ein Schornstein. Vielleicht lief eine Eisenbahn über die Brücke. Es fiel ihr ein, daß sie aufstehen konnte und weggehen. Aber ihre Glieder waren schwer von Erschöpfung. Die ganze Nacht hatte sie geglaubt, die Dunkelheit sei schwer und drückend, jetzt merkte sie, daß die Dunkelheit leicht und weich war, sie selbst war schwer wie Blei.

Am nächsten Tag — alles war nah und sichtbar, es war auch gar nichts versteckt gewesen als die gewöhnlichen Dinge, Hof und Fenster und Himmel, grau und verfroren, — säumte Anna auf dem Fensterbrett bunte Besatzstreifen. Manchmal reckte sie ihren Hals, um herunterzusehen. In ihre Werkstatt war nämlich ein Spengler eingezogen. Er war ein schmieriges, komisches Männchen, welches mit seinen Blechstangen und Bütten rappelte.

Auf den Betten, auf der Bank, überall lagen Rücken- und Vorderteile, Ärmel und Besatzstücke herum, rote knisternde Wärme im kleinen Eisenofen machte die durcheinandergeworfenen Sachen bunt und lustig.

Draußen wurde eine Tür zugeknallt und noch eine. Der Vater redete schnell und aufgeregt, ein Stuhl fiel um, und der Vater schrie. Marie stellte ab und riß die Tür auf. Der Vater hatte die Stuhllehne getroffen, statt den Jungen, der schnell unter den Tisch gesprungen war. Jetzt schaute sein schmieriges, gelbes Gesicht zwischen dem Tischbein hervor. Er schnappte zu und bekam einen Tischtuchzipfel zwischen die Zähne und kaute daran. Der Vater jammerte. Dieser Emil, den man nachts auf die Wache gebracht hatte, hatte von allen die Namen angegeben. Jetzt mußte der Junge aus der Schule weg in die Holztorschule.

Der Junge dachte nicht mehr an seinen Vater, sondern betrachtete die Beine seiner Schwestern, dürr und rauh die einen, rund und seidig die andern. Der Vater rief: „Komm sofort heraus." Anna sagte: „Mach doch keinen Quatsch und komm raus." Der Junge kaute an seinem Zipfel, das Tuch rutschte, die kleine Vase mit den Veilchen kugelte über den Teppich. Anna las alles schimpfend zusammen. Marie trat aus der Tür heraus, gelb und böse war das Gesicht unter dem Tisch, fremd und wild war es, sie fürchtete seine Zähne, sie hatte sich schon immer vor diesem

Bruder gefürchtet, sie sagte leise: „komm doch." Der Junge drehte den Kopf nach ihr rum, was will denn die?, langweilig waren Vater und Mutter, langweilig und käsig der kleine Bruder, langweilig und dumm war Anna, aber Marie war von allen die Schlechteste, Graueste; mit seinen eigenen Zähnen hatte er Lust, an ihre spindeldürren Beine zu gehen, an ihre Hände, die immer was knuffelten, ihr Herz hätte er ihr herausbeißen mögen, daß sie mal hüpfte und schrie. Marie kam an den Tisch heran, sie trat vor Angst ganz leise auf, sie bückte sich, das einem auch was dauern konnte, was ganz gelb und wild war. „Komm doch!" der Junge bog den Kopf, ihre Beine waren so kläglich und gestopft, er kroch heraus, sprang auf beide Füße und rannte aus dem Zimmer.

Er freute sich, daß es gerade die Holztorschule war. Drunten am Fluß, zehn Minuten von der Eisenbahnbrücke entfernt, gingen fast nur Jungens aus den Ufergassen in diese Schule, kleine Wasserteufel, die auf den Floßen und Landungsbrücken Bescheid wußten. Vorüberfahrende Dampfer machten mit ihren Pfeifen das Klassenzimmer unruhig. Jeden Sommer ertranken ein paar, jeden Winter krachten ein paar im Eis ein. Nun kam so einer wie er, pfiff sich abends ein paar zusammen und führte sie raus in die Wälle, wo man gar nicht begreifen konnte, daß das da drunten der eigene Fluß war, das Fremde, Weiße.

Es war kalt, er fror. Er dachte an das Wohnzimmer. Abends wurde zum Schlafzimmer aufgemacht, dicke, gute Hitze kam heraus. Allein an diesem schlechten Ort war es heiß und ordentlich, sonst war die ganze Welt unter dem weiten Himmel kalt und windig. Sie drückten sich an die Wälle. Aber auch zu sechst oder acht in einem Hauf zusammengedrückt, waren sie noch etwas ganz Winziges.

Die Kantinenfenster waren gesperrt. Der Junge sprang wütend mit beiden Füßen aufs Fensterbrett, packte das Gitter und trommelte. Er packte die Dachkante, zog sich rauf, er hatte eine ganze Traube von Buben an sich kleben. Er wußte genau die Stelle, wo die Brote aufgestapelt waren, er witterte den rauhen, körnigen Geschmack. Sie wären gar nicht erwischt worden, wenn sie nicht schon auf dem Dach gegessen hätten. So wurden sie auf die Wache gebracht, kauend, Fäuste und Taschen und Nasenlöcher voll Brot.

Er wurde zuerst heimgeschickt. Sein Vater fing ihn an der Wohnungstür ab, packte ihn am Hals, drückte ihn gegen den Boden und schlug zu. Es war dunkel im Vorplatz, die Türen zu der Küche, zum Wohnzimmer und der Treppe waren verschlossen. Er traf manchmal daneben. Da hatte er etwas Warmes, Lebendiges zwischen den Fäusten in diesem finsteren Gang ohne Ausweg. Dieser Junge war hart und fest, man spürte, was man schlug. Er hatte ihm bittere Schande angetan, auf die man schlagen konnte. Keine von dieser luftdünnen, unsichtbaren Schande. In dichteren, schnelleren Schlägen fiel das Unglück neu und erlöst aus seinem gequälten Herzen. Auf einmal war es vorbei. Der Junge stemmte sich auf die Arme und hob den Kopf. Sein Vater trat in die Wohnzimmertür, erschöpft und vorgebeugt und schloß vorsichtig die Tür. Der Junge richtete sich auf und schüttelte sich. Drinnen warf sich der Vater aufs Sofa und zog die Beine hoch. Da fiel ihm ein, daß er seine Schuhe an hatte, er erschrak und wollte sich wieder aufrichten, um sie auszuziehen.

Aber seine Arme taten weh, und sein Rücken war müde. Da kam es über ihn, daß er sich ausstreckte und erst recht mit seinen schweren, schmutzigen Stiefeln gegen das Polster trat.

Weihnachten kam dazwischen. Dünne, nasse Schneeflocken wurden schon am Nachmittag zu Regen. Im Wohnzimmer war geheizt, alles war bis auf den Grund geputzt, wie weiße Wolken standen die Vorhänge vor den Fenstern. Die Porzellanschüssel auf der Kommode war mit Gebackenem gefüllt. Denn auch ohne Butter und Eier hatte sich der Teig in Lämmer und Sternchen formen lassen. Der Kleine knabberte an seinem Häufchen und merkte nur, daß es nach Zimt und Anis schmeckte. Sein kleines Gesicht war rund und glänzend weiß, wie die Glaskugeln am Baum. Endlich war sein Bauch erfüllt vom Süßen, seine Augen von Farben, Licht und Silber, er hatte alles.

Eine Glocke war über die kleine Stadt gestülpt, pochte mit ihren Klöppeln die Stirnen müde. Da war eine Pause in der Zeit, eine Insel, Vater und Mutter saßen auf der Insel mit allem, was sie hatten, ihren Kindern, ihrem Weihnachtsbaum und ihren Möbeln. Alle wünschten sich, es möchte jetzt schon weitergehen, was sollten sie in der Pause anfangen, die graue, schreckliche Zeit sollte doch lieber weiterfließen.

Sie gingen am Feiertag zusammen spazieren. Der Vater hatte schon den Brief in der Tasche, der Junge sollte an einem der ersten Januartage abgeholt werden. Aber auch der Junge lief vor den Eltern her. Rechts und links unter den kahlen, nassen Platanen gingen viele Familien. Sie trafen auch Matthäus mit seiner Frau und seinen beiden Töchtern. Sie grüßten einander. Dem alten Matthäus fiel es ein, man hatte ihm wo erzählt, daß es Zieglers schlecht ging. Er sammelte mit seinem Blick ihre Gesichter, Schuhe und Kleidungsstücke. Er entdeckte keinen Riß, keinen Flecken. Ziegler dachte, ja, sieh uns nur an, wir sind genau wie du, sieh uns bloß durch und durch an, du wirst nichts anderes finden.

Am Anfang des neuen Jahres sah er Matthäus wieder. Sie standen einander gegenüber, das Pult von Matthäus war zwischen ihnen. Beide waren vor Erstaunen aufgestanden. Matthäus wunderte sich, weil Ziegler gewiß der einzige Mensch in der Stadt war, der nicht gehört hatte, daß sein Geschäft verkauft war. Die Gesellschaft hatte alles übernommen, Haus, Büro und Werkstatt. Es gab keine Lieferungen mehr.

Ziegler drehte in seinen Fingern einen Zettel, auf dem er eine Bestellung schreiben wollte, steckte ihn ein und zuckte ein wenig die Achseln. Sein Gesicht fiel vor Erstaunen auseinander, als sei der dünne Faden gerissen, der das seinige zusammenhielt. Matthäus sah schärfer zu, der Kragen war ja gewendet, die Weste abgeschabt. Ziegler sah auf das Pult herüber, auf welchem sich Papiere und Warenproben zu kräuseln und zu winden schienen, ganze lebende Haufen von Bestellungen.

Ziegler starrte ein helles, rundes Ding auf dem Schreibtisch an. Er hätte in diesem Anzug nicht kommen dürfen. Er hätte die Anzüge rücken sollen und den guten anziehen. Matthäus setzt sich plötzlich und nickte ihm zu. Aber Ziegler ging und ging nicht. Das Helle, Runde auf dem Pult wurde zu einer

Briefwage. Er dachte, ich hätte die Anzüge ja sowieso gerückt. Dann stieß er den Stuhl weg und lief entschlossen heraus.

Es trieb ihn in einem Ruck in die Stadt zurück bis auf den offenen Platz. Da hörte der Ruck auf, es reichte nicht mal bis heim. Eine der kleinen Straßen gab ihn an die andere weiter. Es war merkwürdig, sich am hellen Vormittag herumzutreiben. Da wurde er durcheinandergeschüttelt mit vielen Männern und Frauen, teils besser, teils schlechter gekleidet, sie kannten sich alle ein wenig. Er war doch nicht aufs Geratewohl gelaufen. Hier war er gelandet, als sei der Heumarkt der tiefste Punkt der Stadt, in den die Gassen wie Bäche herunterliefen. Er sah von weitem herüber. Über den Mützen und Scheiteln hing um seiner schwachen Augen willen von innen erleuchtet das Schild: „Erwerbslose". Niemand auf der Welt, nicht einmal der alte Matthäus selber konnte ihn zwingen, sich hier auf dem offenen Heumarkt anzustellen, in diesem Trupp Blau- und Graujacken. Sie waren frech und laut. Sie traten von einem Fuß auf den anderen; als ob es garnichts zu bedeuten hätte, hier zu warten, drückten sie sich vorher und nachher auf ihrem Platz herum. Da mußte einer schon ganz gegerbt sein mit Schande, wenn er es ertrug, hier unter freiem Himmel für sein Geld anzustehen.

Er lief zum Fluß hin. Es war kalt, aber still und sonnig. Hinter dem Fluß fingen Berge und Wolken an. Er war noch nie um diese Zeit am Fluß gewesen. Am Geländer drückten sich ein paar herum, die nichts zu tun hatten. Manche waren zerlumpt. Sie hatten nichts zu erwarten. Sie ließen ihre Zeit in kleinen goldenen Wasserkringelchen herunterfließen. Sie hatten ihre Unternehmungen aufgegeben, weil es an ihrer Statt die Schiffe unternahmen, zu pfeifen und zu rauchen und Holz zu schleppen und die Wolken, sich zu ballen und zu zerstreuen und davonzujagen. Ziegler trat ans Geländer. Er wünschte sich nichts anderes, als hier zu bleiben, stundenlang, Tag für Tag. Wenn auch jemand vorbeikam, wer kannte seinen Rücken? Jemand berührte ihn am Arm: da kommt ein neuer Holländer. Ziegler drehte sein Gesicht in das andere Gesicht, das war rot und dick, winzige Äugelchen. Er riß sich los. Er lief heim. Alle sahen ihn an, weil er spät kam. Er erzählte aber nichts. Er trat nach Tisch ins Schlafzimmer hinter Marie, um zu sprechen. Da gefiel es ihm auf einmal, wie sie sich plagte und nicht wußte, daß Matthäus gar nichts abnahm. Er wollte erzählen und bezwang sich. Er sah Marie an, ihr Gesicht war feucht, ihre Arme schienen in den letzten Wochen unmäßig lang geworden. Ihre Lider zuckten. Er sagte auch am nächsten Tag nichts, nichts am übernächsten. Er ließ sie die Woche über arbeiten, dann streichelte er ihr Haar und erzählte, daß es nutzlos war.

Anna wollte sich mit dem Gintler wo anders treffen. Dann traf sie sich doch mit ihm in einer kleinen Konditorei. Die Marmortischchen glänzten, es war leer um diese Zeit. Aber der Raum war so warm und freundlich und roch so gut nach Kaffee und Kuchen, daß er bald voll sein mußte. Der junge Gintler zog Anna in das hinterste Zimmer. Er rückte dicht neben sie, berührte mit seinem Gesicht das ihrige. Anna lächelte, blinzelte mit plötzlichem Behagen in das fremde Zimmer gegen den großen Spiegel, wo das Büfett stand, unberührte anwachsende Berge von Torten und Mohrenköpfen. Der junge Gintler redete leise und streichelte ihre Hand. Sie fuhr zusammen, wie das Geschirr gebracht wurde, zog ihre Hand zurück. Der junge Gintler nahm ihre Hand von der Lehne weg. Sie senkte den Kopf, verwirrt durch den Geruch auf den Tassen und Tellern. Er legte den Arm um ihren Rücken, sie blickte auf die Tasse, auf der ein gekräuselter Ballen Schlagsahne schwippte. Auch auf dem Apfelkuchen, den man gebracht hatte, kräuselte sich eine schneeweiße Locke Sahne. Sie vergaß alles, nahm davon in den Löffel, leckte. Der junge Gintler streichelte ihre Schulter, ihre Brust. Sie dachte mit aller Kraft daran, daß sie nicht stopfen sollte, sondern ganz langsam essen, Löffel für Löffel. Sie fragte sich, ob alles Weiße hinten auf dem Glas, alles weiße Sahne sei. Vielleicht würde Gintler nachbestellen. Sie sah ihn schnell an. Sein Gesicht war gerötet, er betrachtete etwas mit glänzenden Augen, griff es, liebkoste es, das war ja sie. Sie war plötzlich müde. Sie legte den Kopf an seinen Arm voll leiser behaglicher Traurigkeit.

Daheim stellte die Mutter die große Bütte auf zwei Bänke in die Küche. Sie machte ein heißes Bad zurecht für den Jungen. Heute war der Tag, an dem er abgeholt wurde. Es war ihm die Zeit über eins gewesen, aber seit gestern war er beklommen. Alle machten, als ob es nichts Besonderes wäre, sprachen nichts mit ihm und nichts untereinander, vielleicht wenn man nichts daraus machte, duckte es sich und war gar nichts. Die Mutter hatte seine Sachen in Ordnung gebracht und zusammengepackt. Sie hatte Brote dazu gepackt, um die Reise zu zwingen, eine gewöhnliche Reise zu sein. Jetzt stieg er in die Badewanne herein. Seine Mutter wollte es selbst machen. Sie begann, seinen harten, gelben Körper zu seifen, sein Haar, seinen Hals. Er drückte die Ellenbogen in die Rippen, das Kinn an sich. Er fühlte den Seifenschaum auf den Gliedern, auf seinen großen Ohren. Seine Beklommenheit wurde zu großer Angst, klopfte in seinem nassen, eingeseiften Leib. Er fürchtete sich vor den weichen, glitschigen Händen der Mutter, die dumm und blind an seinem rauhen, dürren, häßlichen Körper herumfuhren, der ihm war, der Abhänge heruntergekollert, auf Mauern geklettert, sich in Mulden versteckt, in das tiefe Flußwasser getaucht war. Man gab ihm ein festes, ungewohntes Handtuch. Er rieb sich heftig dabei ein, um seine Scham zu zerreiben. Dann schellte es. Der Vater öffnete selbst. Auch seine Angst war unerträglich geworden. Der Mann, den die Stadt geschickt hatte, um seinen Jungen abzuholen, der war durch die Gassen gegangen, am hellen Tage in einer Uniform oder vielleicht mit einer Armbinde, die eigene Treppe herauf.

Es waren zwei gewöhnliche, dunkel gekleidete Männer. Er führte sie ins Wohnzimmer. Sie setzten sich nicht auf die angebotenen Stühle, weil der Junge schon fertig war. Der Junge ging einen Schritt auf den Vater zu, um durchzustoßen durch diese Wand, dann war ja alles vorbei. Sie hatten sich die Hände gegeben, der Vater drehte sich zum Fenster, die Mutter fing still zu weinen an, einer der Männer nahm das Paket, sie führten ihn die Treppe herunter.

Da riß sich der Junge los, machte einen Satz und sprang durch die Nebentür in den Hof, die Männer rannten nach. Der Junge wollte die Mauer hinauf, glitschte ab und rannte in die Werkstatt. Der kleine Spengler packte ihn am Hals. Da riß er sich los und schrie laut. Rund um den Hof gingen die Fenster auf. Droben sahen sich Vater und Mutter an, sie hörten, wer schrie. Ihre Augen wurden schwarz, sie sprangen einander verzweifelt in die schwarzen Augenlöcher. Da schrie es in einem fort, wie gebrannt und gebissen. Nie mehr konnten so schreckliche Schreie aus dem Hof herausgehen. Auf der Treppe packte Anna, die eben heraufkam, mit weißem Gesicht das Geländer. Sie wußte auch, wer schrie, aus voller Kehle, mit ausgebreiteten Armen verschrie er ihre Hochzeit, ihr duftiges, sanftes Brautkleid...

Der Junge schnurrte herum, duckte sich irgendwo an der Kellertür zwischen Kartoffelsäcken. Die Männer suchten, kehrten auf die Treppe zurück und sahen auf die Gasse. Droben am Schlafzimmerfenster hatte Marie gesehen, was war. Sie sah ihn auch in den Kartoffelsäcken und kam die Treppe herunter und stellte sich mitten in den Hof. Der Junge sprang heraus und warf sich gegen die Hoftür. Die Männer drückten von innen, er stemmte aber mit Brust und Stirn und Armen, mit beiden Füßen trat er das Pflaster hinter sich. Die Tür klopfte, da kam es über Marie, daß sie hinsprang, und neben ihm stemmte, aber die Tür schob sich vor, der Hof unter ihren Füßen schien langsam abzugleiten, sie fielen übereinander. Einer faßte den Jungen am Arm und nahm ihn mit, der andere hob das Paket von der Treppenstufe und folgte.

So fest und dunkel kamen Vater und Mutter die Gasse entlang, daß keiner sich umdrehte. Die roten Zick-Zack der Schreie waren im Hof vernarbt. Der Mittagstisch war gedeckt. Über dem Kreis von Tellern stellte sich einer von Gesichtern ebenso blank und weiß. Die Mutter schöpfte etwas, worin Brocken schwammen. Sie erschrak, weil sie dann alle nicht aufstanden, sondern warteten. Sie sah sich mit harten Blicken um. Vielleicht kam wirklich was. Dann stand sie auf und sammelte die Bestecke auf ihrem Teller, um zu zeigen, daß das nicht die Suppe gewesen war, sondern alles.

Der Vater zog sich gut an und ging in die Stadt. Er hatte sich ein paar Unternehmungen ausgedacht, ein paar Anfragen. Diesmal war der alte Matthäus verreist. Wo anders gab man ihm Ratschläge. Der karge Wintertag ging unterdes zu Ende. In den Kontoren wurde Licht gemacht. Die Arbeit drängte nicht allzusehr. Seine Klagen und Sorgen vermischten sich mit den Sorgen der anderen zur warmen Geschwätzigkeit des Winterabends. Wie er heimkam, wurde zu Nacht gegessen. Wieder wurden die Teller rund um das Sträußchen aufgestellt. Gintler war dagewesen. Der Rauch seiner Zigarette beizte den Geschmack der Suppenreste vom Mittag. Es schrappte. Sie runzelten alle die Stirnen und sahen auf. Da fiel es ihnen ein, daß der Platz, wo es zu schrappen pflegte, leer war, und daß sie selbst schrappten.

Marie lief durch die Stadt. Sie sagte überall auf der Schwelle der Wohnstuben: Wir nehmen alle Strickwaren an, gefallene Maschen, Ellenbogen, neue Mützen und Jacken. Hinter ihren gesenkten Lidern waren die Stuben und Menschen fast vertraut. Auf dem braunen Büfett standen jetzt Äpfel. Die Frau, die immer gut war, bot Äpfel an, wie sie vor einigen Wochen Zwieback angeboten hatte.

Nur waren Mariens Hände inzwischen schwer geworden, Zwieback war noch gegangen, Äpfel, allzu wunderbar glänzende, gelbe gingen nicht mehr. Die Frau wunderte sich über Mariens Jacke. Sie war ganz aufgerieben, wo doch das Mädchen so geschickt war, im Ausbessern von Strickwaren. In der Betzelsgasse hatten die erlöschenden Treppenfenster noch rote und grüne Fünkchen in den Rillen, solange sie heraufging. In jenem Wohnzimmer saß der Knabe mit der Brille hinter dem Album, das noch nicht umgeblättert schien, seit dem letzten Mal. Die große, dunkle Frau war nicht ihre Mutter, der Knabe mit der Brille war nicht ihr Bruder; sie mußte aus dieser Lampe heraus, weil es nicht die ihrige war. Daß gerade sie gerade in die vier Wände gehörte, gerade mit diesen Leuten. Das war wie an Ostern in der Schule: Jetzt seid Ihr an Eure Plätze gesetzt worden und jetzt gebt Ruhe.

Aber die Gassen wiederum waren von neuem unbekannt. Sie fürchtete sich ein wenig vor jeder Art Dunkelheit. Diesen Winter lief sie einen oder den andern Abend in der Stadt herum. Wie konnte man sich überhaupt an Dunkelheit gewöhnen. Ihr Herz klopfte, machte ihr mit seinen Flügeln die Augen blind. Ihr Hemd klebte. Jemand rief hinter ihr her: Marie! Sie weigerte sich, auf diese Stimme zu hören, sie lief schneller. Da rief es dreimal laut hinter ihr her: Marie, Marie, Marie!

Sie hatte das Mädchen im letzten Herbst um dieselbe Zeit an derselben Stelle getroffen. Es hatte sich den Winter über verändert. Es war groß und stark geworden. Seine feste, junge Brust, die es noch gar nicht kümmerte, regte sich zu seinen starken, atemlosen Bewegungen. Sein Gesicht war rot und weiß. Seine Schönheit war ganz verdient, denn auch ohne dies alles hätten seine Augen geleuchtet. Das Mädchen hatte Marie schon in der Schule gefallen. Jetzt betrachtete Marie mit ungeheurem Entzücken sein Gesicht, sein goldenes Haar, seine kleine, rote Mütze. Das Mädchen sagte: „Ich will dir etwas sagen, Marie. Willst du nicht zu uns kommen, wir sind immer viele zusammen, komm doch einmal zu uns."

Marie sagte: „Ich habe immer soviel zu tun."

Das Mädchen sagte: „Alle haben viel zu tun, komm doch einmal." Marie: „Ja, einmal, vielleicht."

Das Mädchen sah Marie an, seine Augen glänzten in strengem, aufmerksamem Glanz. Es ließ ihre Hand los, langsam, langsam; wie man in einem Sumpf versinkt, zog eine schreckliche, unbekannte, gewaltige Kraft Marie von ihrem Platz, von diesem Mädchen weg: Noch hielten sich ihre Hände, noch ihre Fingerspitzen, noch ihre Augen, es war um so viel stärker, als dieses Mädchen war, es zog Marie die Gasse herunter, auf den offenen Platz. Es ließ einen Augenblick los, Marie drehte sich schnell herum, die Gasse war wieder leer, da ging sie von selbst heim.

Zu Hause hatten sie alle Stücke Zeug in den Händen. Der Vater verstand sich gut darauf, Besatzstücke auszumessen. Es war warm und hell, Geschwatz, beinahe lustig. Sie waren schon fertig. Anna rutschte auf der Erde herum und las die Fusseln auf. Da schellte der junge Gintler. Anna hüpfte auf die Füße, bürstete in ihrem Haar, zog etwas Helles an, spritzte etwas aus einer Flasche, wechselte ihr Gesicht aus und ihre Stimme. Vater und Mutter sahen sich lächelnd an. Immer kam er am Nachmittag aus dem städtischen Dienst gerade hierher. Aus seinen neuen gebügelten Kleidern entströmte der ganzen Wohnung eine gute Botschaft. Er war treu; Annas weißer, junger Körper gefiel ihm, er sah sonst gar nichts. Rund um seine schöne Braut herum hatte sich das Wohnzimmer langsam entfaltet. Seine Haut war zerrissen und abgefallen. Sein Inneres kam heraus. Aber der junge Gintler hatte das Zimmer nur einmal bei seinem ersten Besuch betrachtet. Seine Augen dachten, es sei noch immer so. Sie prüften die Polster nicht, die waren gewendet, nicht die Tapete, die war angeklebt. Er faßte mit beiden Armen Anna und küßte ihre Brust.

Der Vater zog sich gut an, er ging in die Stadt zu Matthäus, der war inzwischen von der Reise zurück. Er wischte sich mit dem Taschentuch das Gesicht ab. Seine Augen suchten zwischen den weißen Papieren die blanke Briefwage, den vertrauten Punkt. Die gestreifte Wand, der Armsessel, das Pult, hatten im hell einfallenden Licht das kahle, verfrorene Aussehen, wodurch sich bei Möbelstücken der Frühling ankündigt. Der alte Matthäus erblickte Zieglers Anzug, sein gutes Hemd, seine Uhrkette. Er hätte vielleicht besser die schlechtesten Kleider anbehalten, denn Matthäus sagte: „Ich kann mir selbst nicht helfen, ich kann Ihnen beim besten Willen nicht helfen."

Dann war es auf dem Heimweg, wie das erste Mal. Die Gassen reichten ihn von selbst einander weiter. Nur war es hell statt dunkel. Er hatte große Lust nach dem Flußufer. Über dem Geländer döste eine ganze Kette von Müßigen, Verzottelten. Weiches, helles Licht hatte die Ferne aufgetaut... Große Wolken liefen über die Berge weg. Alles war viel zu weit und hell. Er wünschte sich kein Flußufer, sondern ein Loch. Er drückte sich die Häuser entlang. Da war eine Tür, die nachgab. Er fing zu trinken an. Eine Gesellschaft Schiffer hatte ihre Tische zusammengerückt. Sie riefen ihm etwas zu und lachten; denn er war schwarz gekleidet. Er trank fast nie. Er glaubte jetzt, er könnte das erzwingen, daß alles kreiselte und scheckig wurde. Es blieb aber eins auf dem andern, klar und ordentlich. Da ging er heim. Die Seinen waren schon zu Bett gegangen. Er setzte sich im Dunkeln aufs Sofa und würgte. Er war von Traurigkeit, wie mit einem schweren Saft vollgepumpt, der sein Inneres zu sprengen drohte.

Am nächsten Tag nahm er den kleinen Jungen an der Hand und ging mit ihm an den Fluß. Das hatte er sich ausgedacht, um dem Kind etwas Gutes zu tun; denn alles in allem war der Fluß doch hell und schön.

Der Kleine lief schweigend neben ihm her. Was war er für ein gutes, geduldiges Kind. Es war ihm zu Ostern eine neue Schule versprochen worden, da wurde nichts daraus. Man hatte ihm Bücher versprochen, einen Atlas, Schuhe, Jacken, nie wurde was daraus. Er vergaß alle Versprechungen, er fragte nie. Selbst seine Beine blieben zart und dünn, als wollten sie das enge Samthöschen nicht kränken. Der Vater ging gern mit dem Kleinen Hand in Hand. Er wollte ihn den Fluß entlang führen, dann in weitem Bogen durch die Stadt. Er wollte Menschen treffen, er wollte gesehen werden mit seinem kleinen Sohn, schwarz gekleidet, ruhig und gütig. Er legte den Arm um das Kind und erklärte ihm die Dampfer, die Dörfer und Berge. Der Kleine sah aber gar nicht in die Luft, sondern immer in sein Gesicht. Er wollte aber nicht sein Gesicht von zwei Augen bewacht haben, wie Hunde ein Haus bewachen. Er ließ den

Kleinen warten. Er trat ein und setzte sich. Er hielt sich an der Tischplatte fest, er wartete. Die Zeit schlug sich in kleinen Perlen an den Wänden nieder. Er wurde elend davon, er jammerte. Zwei Hände faßten ihn einfach unter den Achseln.

Dann war es hart und kalt. Der Kleine zupfte ihn, bis er aufstand. Da war sofort alles vorbei. Der Kleine war käsig vom Warten, er selbst war verdreckt und schmierig. Das Kind war zu klein, um ihn zu verbergen, da kreiste es schnell um ihn herum. Sie gingen nicht mehr durch die Stadt, sondern denselben Weg zurück nach Hause.

Unter Annas jungen, sorglos zuklopfenden Händen entfuhr dem aufgeplatzten roten Bettsack ein Schwarm von Federn. Sie hörte zu klopfen auf und nähte. Es war warm geworden. Allzu früher Sonnenschein roch nach Sand und Lauge. Betten und Schränke waren von ihren festen Orten abgerückt, da zeigten sich Tiefen und Spalten, unbekannte, mitten im eignen Zimmer. Kleine, bunte Gegenstände, welche in alten von den jetzigen ganz verschiedenen Zeiten verschollen und aufgegeben waren, lagen auf einmal da, überzogen mit einem dichten Flaum von Staub. Anna warf den Sack auf die Bank und rief: „Den kann man nicht mehr zudecken.“ Die Mutter rief von nebenan in den Eimer hinein: „Womit denn sonst.“ Anna trat ans Fenster, ihr war schon schwindlig vor Licht, sie lächelte zu den kommenden Sonntagen: weißes Kleid, altes, warmes Laub, Buchenwälder. Sie sagte: „Man kann sich mit Mäntel zudecken, man braucht ja keine.“ Die Mutter rief: „Komm doch, komm doch.“ Anna stieg über den Besen mit hochgezogenen Röcken: „Man kann die Polster nicht klopfen, Anna, die reißen.“ „Ach laß doch Mutter, ich werde dir Sterne häkeln, ganz dünne, zackige, du brauchst bloß bürsten.“ „Ich kann die Gardinen gar nicht aufhängen, Anna, so brüchige, rissige.“ „Ach, laß doch, Mutter, wir hängen sie diesmal nicht auf.“ „Der Teppich wird aber schießen, Anna, und alles.“ „Ach weißt du, wir stellen das Tischchen mit der Zimmerlinde vors Fenster.“

Der Kleine kam nach Hause und dann der Vater. Die Mutter setzte sich auf einen Stuhl, hing die Beine weg und sagte: „Es ist so warm, und mir ist so schwach im Leib." Der Vater berührte ihr rauhes, graues Haar, fuhr zusammen und trat von ihr weg. Er sah sich verwirrt um in seinem aufgestöberten Wohnzimmer, trat ins Schlafzimmer, da war es ebenso. Er sah auf den Hof herunter, er war ruhig und kühl. Da bekam er Lust, herunterzugehen. Das Sonnenlicht reichte nicht aus, um den Hof von Grund aus zu füllen. Er sah sich aufmerksam um, als suche er einen Gegenstand, der ihm von oben auf das Pflaster gefallen sei. Er drehte seinen Kopf nach allen Seiten, um Neugierigen in den Fenstern zu zeigen, weshalb er im leeren Hof stand.

Auf einmal stampfte er wild gegen das Pflaster, da wurde es hell in ihm, aus seinem Herzen strömte das Unglück heraus, in kühnen, leuchtenden Farben. Sie überschwemmten den Hof, machten ihn flammen und glühen, in fremdem, verzweifeltem Glanz. Dann fiel er erschöpft ab. Die kühnen flammenden Gottesfarben erloschen um ihn herum, und der Hof war grau und kühl.

Eine ältere Frau im dritten Stock hatte früher oft mit der Mutter Kaffee getrunken.

Verschiedene kleine Glückszufälle, sowie der Umstand, daß sie allein war, ließen in ihrer Kammer Rosinenstollen und Würste nicht ausgehen. Frau Ziegler zog allzu schnell die Tür hinter sich zu. Manchmal entdeckte sie doch noch mit zugekniffenen Augen niedergetretene Schuhe, ein ausgefranztes Schnupftuch, ein schmieriges Milchkännchen. Sie traf den kleinen Jungen auf der Gasse. Sein Wachsgesichtchen, sein dünnes Hälschen dauerten sie. Sie war kinderlieb. Sie lud den Kleinen ein. Er blieb in der Tür stehen, ganz benommen von dem Gesang eines Vogels. Ein glitzernder Käfig schwankte ein wenig in einem Wald von Blattpflanzen. Sie deckte geschäftig für sich und das Kind den Frühstückstisch. Sie stellte Kuchen hin, gelben und roten Käse und Butter und Schinken. Der Kleine legte seine zehn sauberen Finger vor sich hin. Sie redete ihm zu, und der Kuchen auf seinem Teller hatte mehr Rosinen als Teig. Der Teller aber war fremd. Und unzertrennbar gehörte der Kuchen zu diesem fremden Teller. Er bohrte mit dem Löffel herum, zur Strafe wurde ihm eng, und der Bissen rutschte nicht. Er sah die Frau an, bewegte den Mund und stand auf. Seine Augen füllten sich mit Tränen. Die Frau ärgerte sich über den angebröckelten Kuchen. Sie fühlte plötzlich Verdruß über diese Leute einen Stock tiefer, die ganz vergessen hatten, daß sie noch da war, bereit, auf der Treppe zu sprechen, wann immer zu helfen und zu raten. Sie wollte endlich ihren Fuß in die ängstlich geschlossene Tür klemmen. Sie wickelte Kuchen und Aufschnitt in Papier und gab alles dem Kind mit. Der Kleine lief herunter und legte alles im Wohnzimmer auf den Tisch. Sie sahen bestürzt die Sachen aus dem aufgeplatzten Papier hervorkollern. Sie wollten das Kind schelten, es fing aber von selbst zu weinen an. Da sprachen sie leise miteinander und kamen überein, am Sonntag die Zimmerlinde heraufzuschicken.

Der Vater trank nie mehr. Er ging immer seltener aus. Er pflegte bald nur Sonntags auszugehen, wenn alle die Seinen gingen. Dann zog er seinen guten, schwarzen Anzug an, wunderbar unversehrt im blanken Sonnenlicht wie das Sommerfell eines Tieres. Er fürchtete sehr, daß sich sein guter, grauer Werktagsanzug abschaben möchte, wie sich der braune abgeschabt hatte, dann müßte er zu diesem schwarzen Sonntagsanzug vorrücken. Er gewöhnte sich daran, still auf dem Sofa zu sitzen. Dann kam es ihm vor, die kleinen abgewetzten Stellen, die nur ihm bekannt waren, heilten langsam. Das zarte, graue Gewebe gehörte immer enger zu seinem eigenen Fleisch. Er fing es an zu betrachten, wie einer die krank gewordene Haut betrachtete, entdeckte, daß es nicht nur aus schwarzem und grauem Garn bestand, sondern heimlich von einem gelben Fädchen durchmustert war, das immer am schnellsten riß.

Er sehnte sich sehr nach der Stadt. Er dachte an das rostige Geländer am Flußufer, wo die bunte, ruppige Menschenkette niemals abriß. Sie tauchten ihre Blicke ins fließende Wasser. Sie ließen Sonne und Regen ihre speckigen Jacken vollends zerstören. Er dachte an Ellisen, welcher die Zeit von Kneipe zu Kneipe maß. Ihm machte es nichts aus, vom Stuhl herunterzurutschen, schwer vom Trinken unter den Tisch in Pfützen. Er dachte an den Heumarkt. Der Tag fiel ihm ein, an dem er sich von diesem Anblick abgewandt hatte, im Innersten getroffen.

Er fürchtete sich nicht mehr. Es ging ihn gar nichts an. Sie drängten sich alle zusammen, rissen wie Kinder die Löcher in ihrem Hemd erst recht breiter. Er mußte hier allein sitzen und abwarten.

Der Leib, der seine Gedanken nicht kannte, blähte sich im Sitzen und spannte den Stoff und riß und drohte auf seine Weise alle Vorsorge zu durchbrechen. Er wünschte sich den Winter herbei, um seinen Mantel über den grauen Anzug zu ziehen und fortzugehen. Was dann im nächsten Sommer wurde, wußte er nicht. Da wurde er krank.

Er hatte lange geglaubt, der schwere, wehe Klumpen gehöre einfach in sein Innerstes hinein. Eines Abends schrie er leise beim Ausziehen. Die Frau fühlte mit der bloßen Hand in sein aufgeklapptes Hemd. Sie gingen tags darauf in die Sprechstunde. Sie sahen sich ängstlich um. Männer und Frauen rissen wartend die Seiten von vergriffenen Heften, zupften an den Troddeln, versuchten eins das andere zum Sprechen zu bringen. Sie wurden alle ruhiger, und waren einander ganz gut. Wenn aber einer herein und nach einer Weile wieder herauskam, war sein Gesicht verstört, als hätte er sein Leiden nicht mitgebracht, sondern da drinnen zugezählt bekommen. Er kannte die nicht mehr, mit denen er eben gewartet hatte. Sie waren ihm fremd geworden.

Die Ziegler kamen heraus, wie sie zum erstenmal aus dem Haus gekommen waren, als man den Jungen abgeholt hatte: ganz schwer und dunkel.

Anna weinte auch zu Hause, weil Gintler abgesagt hatte. Er brachte nur die Kinokarten und mußte mit seinen Eltern. Da schenkte Anna eine Karte Marie, und die Schwestern gingen zusammen.

Anna weinte leise im Dunkeln. Sie betrachtete ratlos diese zwecklosen Straßengewimmel, Meereswogen, gescheiterte Schiffe, fliehende Menschen, alles verschwommen in Tränen.

Marie hielt sich an beiden Lehnen fest. Warum war Gintler nicht gekommen, sie hätte nicht mitzugehen brauchen in eine enge, heiße Dunkelheit. Vor einigen Jahren war sie dann und wann hier gewesen, sie wußte nicht viel davon. Sie drehte den Kopf aus dem fremden weißen Licht, blickte in dichte Reihen von Gesichtern, die ganz versilbert waren, erstarrt und gierig. Sie wand sich wieder zurück und fühlte auch ihre Stirn weiß und kalt. Vor ihren Augen flimmerte etwas, was einem Himmel ähnlich war, Bergen und Bäumen. Menschen kamen auf Pferden. Sie wünschte sich sehr, alles genau zu erkennen. Sie hatte nie geträumt, daß es solche Abgründe geben möchte. Und doch verlangte ihr Herz zugleich danach, sie möchten noch tiefer sein, und diese wunderbaren Reiter, die einer hinter dem andern über Brücken und Grüfte sprengten, möchten sich nicht einholen. Sie durften sich nicht einholen. Sie wußte nicht warum. Sie sehnte sich danach, alles genau zu begreifen. Aber nicht nur die Pferde, auch die Berge und Bäume liefen ihren Blicken davon. Manchmal hatten sie Mitleid mit ihr und warteten, dann zeigten die Menschen in der Dämmerung eines einfachen Zimmers einen Augenblick ihre großen weißen Gesichter. Sie zeigten ihr ganz vertraut ein Unglück oder eine Freude. Auch die Pferde verhielten sich ruhig an einen Zaun gebunden. Eine Sonne, welche das Herz leicht machte, schien über dichtes Gras, über das einsame weiße Häuschen. Sie verpaßte aber den Augenblick, wo sich alles veränderte. Da wurde über ein Unglück geweint, das sie gar nicht hatte hereinbrechen sehen. Da waren die Berge verschwunden, ein Reiter ritt in eine Straße hinein, es war schon Nacht geworden. Sie brauchte sich nicht mehr zu quälen. Denn aus der dunklen Tür trat ebenso langsam, wie sie folgen konnte, ein junges Weib, ein Licht in der Hand, stellte das Licht auf die Treppe und umarmte den Angekommenen.

Es wurde hell. Die Leute bewegten sich. Anna hatte zu weinen aufgehört, doch war ihr Gesicht nicht so schön wie sonst, sondern verquollen und mürrisch. Sie gab nicht acht auf Marie. Es war später Abend, sie gingen schnell hintereinander her. Marie senkte den Kopf. Sie sah sich manchmal schnell nach rechts und links um. Sie hatte zuletzt vieles verstanden, und war eingewöhnt gewesen. Was sollte sie jetzt anfangen auf der ihr unbekannten Gasse gegen den offenen Platz hin.

Der Vater hielt sich aufrecht. In faulen, faden Klümpchen erstarrte ihnen das Essen im Mund, weil sie wußten, daß unter der

Tischplatte sein Bauch war, hart und weh vor Krankheit. Der Vater klagte nicht. Er preßte unter dem Tisch mit beiden Händen seinen Leib zusammen und sah sich streng um.

Eines Abends trat Marie ins Zimmer mit einem Korb voll Strickwaren, da fragte er, was das für Bestellungen seien. Marie mußte alles vor ihm ausbreiten. Er streichelte ihre Hände, ihr Haar. Er hatte vielleicht gerade keine Schmerzen, da wollte er ihr etwas Gutes tun; er redete leise auf sie ein, ihre Hand in der seinen und betupfte mit dem Daumen ihre Knöchel. Sie sagte ja und nein und blickte angestrengt in sein Gesicht. Etwas Unerbittliches hatte mit aller Kraft aus diesem abendlichen Zimmer den letzten Tropfen Hoffnung herausgepreßt, Möbel und Vasen und gehäkelte Sterne lagen verkümmert und welk herum wie dürre Schalen. Der Vater hörte eingeschüchtert zu reden auf unter ihrem kalten, verzweifelten Blick. Er legte die Hand auf ihren Kopf. Dann fuhr er zusammen, runzelte die Stirn und starrte vor sich hin. Er vergaß, die Hand zurückzuziehen. Sie lag auf Mariens Kopf, drückend und schwer wie Blei. Sie wagte nicht, die Hand auf sein Knie zurückzulegen. Sie wartete. Sie zupfte Wattefussel vom Polster. Da dachte sie, daß er vielleicht gestorben und die Hand eines Toten auf ihrem Kopf gelegt war. Da seufzte er ein wenig. Er zog von selbst seine Hand zurück wie von einer Tischplatte, hatte Marie vergessen und drehte sich nach der Wand um. Marie legte die Sachen in den Korb zurück und trug ihn ins Schlafzimmer.

Zwei oder drei Wochen bevor er starb, bekam er Lust, auszugehen. Er brauchte lange Zeit und wimmerte beim Zuknöpfen. Er mußte aber durchaus in die Stadt und zog sich gut an. Er wischte sich den Schweiß ab, wie er mühsam die sonnige Gasse heruntergіng. Er fühlte auf seinem kranken Körper den guten schwarzen Stoff. Auf diesem Weg begegnete er dem alten Matthäus. Zieglers Gesicht wurde starr, als habe er diese Begegnung erwartet und sich darauf vorbereitet. Sie grüßten einander. Der alte Mattheus fühlte bei Zieglers Anblick Reue, weil ihm der Mann vor einem Jahr in seinem Büro lästig gefallen war. Eine schreckliche Krankheit konnte jeden befallen. Sie hatte nicht vermocht, seinen Anzug zu ändern, seinen Kragen und seine Uhrkette. Sein Gruß wurde ausgiebig und ehrerbietig. Ziegler grüßte langsam zurück. Sein Gesicht veränderte sich, er kostete mit gesenkten Augen den Gruß aus. In seinem Herzen regte sich ein wenig Freude, und er kehrte nicht mehr so verlassen zurück, wie er gekommen war.

Er war jetzt tot, aber seine Photographie hing im Wohnzimmer über dem Sofa, auf welchem der Kleine zu schlafen pflegte, weil man die Kammer dem Spengler vermietet hatte. Nun war endlich sein verjüngtes Gesicht für alle Zeiten in ruhiges Selbstbewußtsein versenkt, und sein glatter neuer Anzug war allem Zerfall enthoben. Die Frau aus dem dritten Stock kam zum Trauerbesuch. Sie konnte jetzt mitten in das Wohnzimmer herein und aus den schlecht verwahrten Herzen Klagen herausziehen. Die Ziegler weinte nicht, doch ihr Gesicht und alle Gesichter der Kinder und alles im Zimmer war verschwommen und angetrübt von Trauer. Sie konnte nicht so scharf sehen, wie sie geglaubt hatte. Ungefähr war doch noch alles, wie es gewesen war. Im großen ganzen standen dieselben Sachen noch an denselben Flecken wie bei ihrem letzten Besuch. Zwischen den Fenstern blinkte doch noch ein Spiegel, etwas Goldiges glänzte auf dem Wandbrett. Die Frau sah mitgenommen aus, aber auf ihrem schwarzen Kleid steckte eine kostbare Brosche. Die ganze Woche über tauchten eine Menge Gesichter von Nachbarn, Geschäftsfreunden und Schulfreundinnen auf, als ob eine unbekannte Hand sie gezwungen hätte, einen Umweg durch dieses Wohnzimmer zu machen. Ende der Woche kam der Hauswirt, als sie gerade beim Essen saßen. Er wollte wegen der Wohnung sprechen, die er lieber dem Spengler vermieten mochte als den Zieglers, die schlecht und unregelmäßig zahlten. Man bot ihm einen Stuhl an. Mutter und Kinder saßen vor dem gedeckten Tisch. Eine Glasglocke schien über diese schwarzen, traurigen Menschen gestülpt, welche aufrecht und langsam etwas Breiiges von ihren blaugeränderten Tellern aßen. Der Mann verwandelte sich aus einem Hauswirt in einen Trauergast. Er schob es auf, redete ein paar Worte und ging wieder.

Dann nahmen alle ihre Arbeit auf. Marie

nahm ihren Korb und lieferte ab. Es war erst Nachmittag, aber das Pflaster und die Schieferdächer waren naß von Regen; ein gelber, zerronnener Flecken, das war die Sonne. Marie stutzte in der Haustür und ging mit gesenktem Kopf. Das war immer ein schlechter Weg gewesen. Jetzt, nach längerer Pause, wanden sich Mauern und Wände gegen sie in offener, kalter Feindschaft. Auf dem freien Platz fiel der Regen auf ihr Haar, auf ihre Schultern. Die Hüfte tat ihr weh von diesem nicht einmal allzu schweren Korb. Sie konnte ihn wohl nie wegwerfen, Strümpfe und Jacken würden zurückkriechen, der Korb würde von neuem ihre Hüfte anspringen. Sie lief die Gasse herauf. Im dunklen Treppenhaus blinkten die Messingmonde, sie berührte heute zum erstenmal einen mit der freien Hand. Im großen Fenster hatte jemand die roten und blauen Farben geschürt, daß sie blitzten und leuchteten. Die Treppe war so weich und schön, daß sie einen Stufe um Stufe heraufhob. Aber oben kam Marie nicht über die Schwelle. Sie konnte in der Dämmerung nicht einmal das Gesicht erkennen, das zu den Händen gehörte, die ihr immer schon in der

Tür die Ware abnahmen und das Geld hinzählten.

Dafür wurde sie im nächsten Haus bis an den Tisch gelassen. Der Knabe mit der Brille starrte sie in ihrem schwarzen Kleide an. Sein Gesicht war ganz nackt, ohne Album. Im nächsten Wohnzimmer legte ihr die Frau, die immer gut war, etwas Süßes in den Korb. Auf der Gasse waren jetzt die Laternen an, da konnte sie auf den Pfützen den Regen hüpfen sehen. Sie war krank und müde. Die leeren nassen Gassen drehten und dehnten sich, verknoteten sich um ihre Füße, aber hinter ihr waren Schritte, weiche, glückliche. Das Mädchen mit der roten Mütze sagte ihr über die Schulter: „Nun, Marie." Es ging ein paar Schritte neben ihr her und wartete. Das war zu kurz für Worte, die in einem angenagelt waren und schwer und zugeschüttet. Da hätte das Mädchen Zeit haben müssen, um hundertmal mit Marie durch die ganze Stadt zu gehen, kreuz und quer. Sie mußte aber schnell weiter. Marie sah geradezu auf seinen schmalen, aufrechten Rücken. Jetzt war das Wegstück zwischen ihnen, wie ein Stemmeisen, das langsam eins vom andern abrückte.

Daheim, im dunklen Wohnzimmer, saßen Anna und der junge Gintler beieinander im Sofa. Als Marie leise eintrat, fuhren ihre Beine erschrocken auf den Boden.

Eines Vormittags kam der Junge, groß und fremd und mager in einer braunen Lederjacke, die Treppe herauf. Er war aus der Schule in der fremden Stadt in die Lehre gekommen, hatte dann und wann eine Karte geschickt und zuletzt nichts mehr. Die Mutter war gerade in den Hof gelaufen. Er wunderte sich, daß die Tür angelehnt war und trat ein. Sein Blick fiel auf die Photographie über dem Sofa. Er setzte sich schnell vor den Tisch und sah herauf, ganz verwundert und erleichtert, denn er begriff, daß der Vater, vor dem er sich gefürchtet hatte, um an dieser Stelle zu hängen, tot sein mußte. Er nahm die Mütze vom Kopf und zuckte mit den Achseln. Er stand auf und machte ein paar Schritte. Die Luft in dem Zimmer war schwer und dick, sie nahm ihm den Atem, und er strich in Gedanken ohne weiteres einen von den drei Tagen ab, die er zu bleiben vorgehabt hatte. Er fing an, sich umzusehen. Was war denn das für ein

Zimmer? Unter seinem festen Blick krümmten sich die Wände, Tapetenfetzen waren abgerissen und angeklebt und deckten die Dreiecke aus Mörtel nicht mehr. Der Teppich war ausgefranzt, die Polster waren geplatzt und mit großen Stichen zusammengenäht. Das schwere Sofa glich einem großen halbausgeweideten Tier, aus dem das Eingeweide hervorquillt. Da gab es nur noch ein paar feste Punkte, an die sich das Wohnzimmer halten konnte, eine Photographie, einen Spiegel, eine kleine goldene Vase. Er brauchte nur fest aufzutreten, und alles fiel auseinander, und er war im Freien, er hatte Verlangen nach großen Straßen und Plätzen, auf denen Menschen pufften und brüllten, überhaupt wegzugehen. Marie kam aus dem Schlafzimmer. Ihre Arme fielen herab, ihr Gesicht wurde dunkelgrau. Ihre Lider senkten sich, ihre Augen darunter waren vielleicht jetzt leuchtend hell. Das so etwas Graues, Fahles überhaupt ein Mädchen war. Nach und nach kamen alle heim. Er konnte nicht verstehen, warum er hergekommen war. Die Mutter hatte das Ihrige auch nicht zusammenhalten können. Da war ihr Leib hingerutscht und da ihre Brust und so ihre Mundwinkel. Der kleine Bruder trug lange Hosen mit einem bleichen, sanften Gesicht. Auf dem glatten, braunen Scheitel des Kindes hatte sich eine müde Hand gelegt, daß es nicht höher wachsen sollte. Anna war schön und rot.

Sie setzten sich um den Tisch. Er drehte den blaugeränderten Teller zwischen seinen harten, breiten Händen. Die Mutter sagte: „Nun erzähl mal, wie es Dir geht.“ Er sagte: „Wie es einem so geht, Mutter. Mal so, mal so, besser wie ’nem Schuhnagel.“ Die Mutter schöpfte ihm etwas aus. Er war nicht hungrig gewesen, jetzt bekam er schrecklichen, wütenden Hunger. Die Mutter sagte: „Du kommst uns da angeschneit.“ Er sagte: „Ja, ich hatte drüben Arbeit, da habe ich gedacht, da kann ich mal heim machen.“ Sie aßen. Er kratzte seinen Teller. Er dachte an fremde Städte, an seine Gefährten, an seine Arbeit, an Aufmärsche, Versammlungen, Fahnen, Knüppel, Hunger und Plätze schwarz von Menschen. Er hätte nicht kommen sollen. Es war nicht einmal gut, daß der Vater nicht mehr da war. Sie dauerten ihn allesamt. Er konnte ihnen nicht helfen; er schämte sich sehr.

Er gab dem Kleinen Geld und sagte: „Nun lauf mal weg und hol ein Kümmelbrot und Bier und ein halbes Pfund Mettwurst und ein halbes Pfund Gehacktes.“

Da wurde es auf einmal lauter und lustiger, eine Erregung war und eine Gespanntheit, bis der Kleine zurückkam. Auf dem gedeckten Tisch entstand ein richtiges Durcheinander, Papierschnitzel flogen und Bierspritzer. Sie schnickten einander auf den Gabeln Wursthäutchen zu. Die Mutter sagte: „So habe ich schon lang nicht mehr gelacht.“ Gegen Abend lief Anna mal herunter. Als sie heraufkam, hatte sie Veilchen in der Hand. Sie sagte: „Ich hab dem Gintler für heute abend abgesagt.“

Sie machte ihm ein Bett auf dem Sofa zurecht. Er betrachtete sie, stellte sie in einer Reihe zwischen alle Mädchen, die er betrachtet hatte. Ihre Brust war fest und rund, ihre Haut war glatt und weich. Er sagte: „Der Gintler kommt immer noch?“ Anna sagte: „Ja.“ Und er sagte: „Du bis wohl ’ne ewige Braut?“ Sie drehte sich schnell nach ihm um. Sein Gesicht war mager und frech, aber seine Augen waren klar. Auf einmal hatte sie Lust, da er nun schon einmal da war, in seine hellen, offenen Augen herein zu reden und zu reden. „Wir gehen manchmal außerhalb essen. Manchmal am Sonntag machen wir eine Partie. Wir sind auch oft mehrere. Zuerst hab' ich das alles gar nicht gewollt, aber er hat gesagt: ‚Man kann doch nicht immer eines gegen das andere sitzen, wie in einem Eisenbahncoupé. Man muß doch auch mal zusammen unter Leute gehen und seinen Spaß haben'.

Er sagte: „Nu ja, Anna." Da legte sie ihre Arme quer über den Tisch, legte ihren Kopf darauf und jammerte laut: „Oh, oh, oh." Er wollte noch etwas sagen und schluckte es. Sie richtete sich von selbst wieder auf und fuhr sich mit den Händen übers Gesicht. Sie war auf einmal wie ausgewechselt, ganz lustig. Sie pfiff vor sich hin und drehte sich blinzelnd nach dem Bruder, während sie die Decke aufschüttelte. Er aber war müde, er hatte genug, und war froh, als sie wegging. Dann lag er allein in einer fetten, schweren Dunkelheit. Er hatte noch einmal alle wiedersehen müssen. Jetzt brauchte er aber nie mehr zu kommen. Er konnte jetzt für immer wegfahren, wohin er wollte, hungern und arbeiten und leben und sterben, und nie mehr zurückkommen. Jetzt mußte er sich nochmal zusammenreißen, bis die eine Nacht um war und noch ein Tag und noch eine Nacht und ein halber Tag.

Er war morgens um die Mutter herum in der Küche. Im Küchenfenster steckte ein Stück Himmel, Dächer und Hofmauer, wie eine alte schmierige Ansichtskarte. Der saure Geruch einer unablässig gekochten Speise war vom gestrigen Tag noch nicht verzogen und dampfte schon wieder neu aus dem Kesselchen. Der Schimmel stand auf den Wänden, aber die Mutter rieb mit der Schürze ein Glas, hauchte und drehte es gegen das Licht. Er wünschte sich, etwas von ihrem alten Blick abzubekommen, vor dem er sich früher geduckt hatte. Da fiel ihm ein, wie er in der Badebütte gesessen hatte, die auf zwei Stühle gestellt war. Er trug es ihr nicht mehr nach, weil sie eingeschrumpft war und ihn dauerte. Er zog dem Kleinen Schächtelchen im Automat. Er schenkte Anna Geld für seidene Strümpfe. Er stellte sich hinter Marie und sah ihr beim Stopfen mit zu. Sie krümmte ihren Rücken und dachte immer, daß er sie ansprechen möchte. Ihr Herz zog sich zusammen, daß es ihm endlich einfallen sollte, wie sie miteinander gegen die Hoftür gestemmt hatten, sie beide allein. Er hatte es aber längst vergessen, anderes war ihm dazwischen gekommen. Wenn sie bei Tisch saßen, dann sah er eines nach dem andern an mit leisem, gleichgültigem Mitleid. Sie aber sah er nie an, und wenn zufällig sein Blick auf sie fiel, dann war er hart von Verachtung. Sie wußte nicht, warum er sie so ansah. Sie senkte die Augen, drückte das Kinn gegen die Brust und zog sich zusammen vor Scham. Denn es schien ihr, als ob er recht hätte. Er schickte dann zwischendurch den Kleinen herunter nach Wurst und Bier, erzählte auch manches, was er gehört hatte und brachte die Mutter zum Lachen. Aber mit solchen Späßen rückte der Tag nur mäßig vorwärts, zog sich endlos und dünn wie Gummi. Immer langsamer lief die Zeit und schien nachmittags ganz stillzustehen. Während die andern lachten und schwatzten, fürchtete er sich, daß es nicht mehr weiterging und er eingesperrt blieb in diese schläfrige Wohnzimmerstunde. Nach dem Abendessen war die Dunkelheit sauer, wie abgestanden.

6*

Er erhob sich bald wieder und lief herunter. Er lief schnell die Gassen entlang und klatschte das Pflaster mit frechen lauten Tritten. Er suchte sich eine Gasse hinter dem Heumarkt. Er bekam ein Mädchen so mager, daß es ihn stach und juckte. Dann sagte sie zu ihm: „Das merkt sich gleich, daß du keiner von hier bist.“ Er freute sich und sagte: „Da bist du mal schief gewickelt, denn ich bin einer von hier, aber ich bin schon lang nicht mehr hier gewesen und morgen gehe ich ganz weg.“ Er sah sich um und sah, wie alle Farben, welche grell und bunt gewesen waren, schummerig wurden und durcheinanderliefen, weil es Tag wurde. Da war er sehr froh.

Er ging dann frühzeitig heim und legte sich zurück. Den Morgen über machte er sich noch allerlei zu tun. Er schlug ein paar Nägel ein, klebte Tapete fest. Er ließ alles Geld zurück, was er hatte und versprach zu schicken, wenn er verdiente.

Wie er dann nachmittags wegging, ging Marie auch in die Stadt. Sie ging neben ihm her. Er hatte früher manchmal an den kleinen Bruder gedacht, auch an Anna. An Marie hatte er immer vergessen. Er vergaß sie auch jetzt auf diesem Weg, alle Augenblicke, von Schritt zu Schritt. Er wunderte sich, daß sie noch neben ihm ging. Er bekam Lust, etwas zu sagen, daß sie erschrak und zusammenfuhr, etwas Böses, gerade ihr, ganz ohne Umschweife. Er sagte: „Wenn es so weiter geht, wirst du nicht lange machen, viel hast du nicht zuzusetzen.“ Marie drückte die Ellenbogen an sich. Er fuhr fort: „Das Geknottel, das du da treibst, das treibst du auch nicht mehr lang. Wie du bloß aussiehst.“ Marie schwieg. Er sagte: „Das wird ja nicht lang mehr dauern. Du wirst ja bald krepiert sein.“ Marie sagte leise: „Ja.“

Sie kamen am Bahnhof an. Marie hatte manchmal von der Brücke auf die Schienen gesehen, feste Striche in der Erde. Sie hatte sich nichts dabei gedacht. Jetzt dachte sie, daß man durch dieses Haus zu den Schienen ging, um abzufahren. Der Bruder wurde ganz aufgeräumt, nun, da er ein Billett hatte. Sie traten auf den Bahnsteig. Ihr Haar flatterte. Sie sah schnell nach rechts und links und dann auf den Boden. Etwas zog aus ihr weg, die Schienen entlang und verschwand. Der Bruder trat von einem Fuß auf den andern. Sie preßte den Mund zu. In ihrer Kehle bettelte es den Bruder an, sie mitzunehmen und nicht zurückzulassen. So ein Bruder war er ja, der alles tat, was man bat. Dann fuhr der Zug ein. Der Bruder drehte sich um, erblickte sie wieder, die immer noch neben ihm stand, nahm und ließ ihre Hand und sprang auf. Sie hob ihren Korb und sah hinter den Zug her. Die Schienen verschwammen ein wenig, zuckten durcheinander in fremden, wirren Linien, richteten sich wieder gerade, hart und fest.

Auf Ostern fingen die Mutter und Anna zu putzen an. Die Mutter stöberte herum und setzte sich alle Augenblicke mal hin. Abends sagte sie: „Es ist schon so heiß und mir ist so schwach im Leib und du mußt ja alles allein machen. Wir machen auf Pfingsten weiter."

Am Sonntag brachte Anna ein riesengroßes Osterei, das ihr der Gintler geschenkt hatte. Sie hatte noch viele kleinere Eier bekommen von anderen Bekannten. Der kleine Bruder knapperte schnell zwei, drei Eier. Das Süße zog ihm den Mund zusammen. Er hatte keine Lust mehr und leckte traurig daran herum.

Nachmittags gingen sie alle den Fluß entlang. Die Mutter dachte an den Vater. Er hätte ruhig neben ihr gehen können; so wie immer führte sie zwischen den Platanen seine Kinder herauf und herunter. Sie trafen auch viele Leute. Sie trafen auch den alten Matthäus mit seiner Frau und seinen Töchtern. Die Glocken läuteten, ihre Klöppel wirbelten um die Stirnen Wolken goldnen Sommerstaubs. Neben ihnen auf einer blauen Wand waren Berge aufgemalt, Wolken und ein Fluß.

Nach Ostern hatte Marie einen leichten Korb, weil man im Sommer nichts Wollenes brauchte.

Abends schnell vor Ladenschluß holte die Mutter angewelktes Grünzeug und eine Tüte zerquetschte Beeren. Es war kühl im Laden. Die Gemüsefrau gab ihr einen Stuhl. Eine große, breite Frau von nebenan erzählte mit rauher Stimme von den Mißgeschicken des Tages. Ein junges bäuerliches Ding saß auf einem Korb und erzählte von seinem Bräutigam. Eine junge Frau kam schnaufend mit einem kleinen Kind auf dem Arm. Sie erzählte von ihrem Mann, der verunglückt war, von der Schwiegermutter, bei der das Kind über Tag war, und von ihrer Arbeitsstelle. Ihre Gesichter waren rot vor Ärger über ihr Mißgeschick, und ihre Stimmen wurden heiser, wenn sie von den Unglücksfällen erzählten, welche über sie gekommen waren und sie verzehrten wie Seuchen. Die Mutter öffnete manchmal ihren Mund und redete etwas von der Krankheit ihres verstorbenen Mannes. Die anderen redeten lauter und schneller, sie schwieg dann wieder. Aber keins fürchtete sich wohl so sehr wie sie, daß die Lampe im Hinterzimmer anging und der Mann der Gemüsefrau „Schluß jetzt" rief. Dann wurden die Läden geschlossen. Die Frauen gingen widerwillig auf die Straße und knurrten leise. Sie redeten noch vor der Ladentür zusammen, Gesicht gegen Gesicht, in einem Klumpen, als fürchteten sie, jedes für sich auseinandergerissen zu werden, jedes seine Treppe hinauf, jedes in sein Zimmer.

Nur die Mutter ging gleich aus dem Laden nach Hause. Sie richtete sich fest auf, riß sich los und ging allein die Gasse entlang. Die Frauen sahen mit zugekniffenen Augen hinter ihr her.

Marie schellte zum zweitenmal, da kamen endlich Schritte den Gang hinunter, und durch den Türspalt sagte die Stimme: „Sie sind im Sommer über verreist, und kommen im Winter.“ Marie hob ihren Korb und schickte sich an, herunterzugehen. Das ungeheuer große Treppenhaus war mit feinem Staub erfüllt wie mit Spinnweben, hinter welchem eine unerforschliche Wildnis von Farben glühte. Marie trat dicht an das Geländer aus braunem, polierten Eichenholz, faßte sich an und sah herauf. Sie folgte mit den Blicken diesen mit hellen Messingkügelchen besetzten Windungen, höher herauf, bis ihr schwindlig wurde. Was auch dort oben war, da würde sie nie heraufkommen. Selbst diese erste Treppe, von der ihr Herz noch klopfte, war nutzlos gewesen. Sie stieg herunter. Die Stufen fingen zu schwimmen an, die Messingstäbchen rückten vor und zurück. Ihr war so schwindlig, daß sie sich auf die Stufe setzte. Aus dem Fenster blätterte Rot und Grün und Blau in ihren Schoß, auf ihren Nacken. Bis zum Winter. Niemals würde sie dieses Fenster wiedersehen. Niemals würde sie mehr auf einen Bahnsteig kommen. Niemals würde sie mehr in einem Kino das Bild einer Schlucht und das Bild eines Waldes und das Bild eines Reiters sehen. Sie fing zu weinen an, aber des Weinens ungeübt, waren ihre Tränen hart und schmerzhaft. Da stand sie wieder auf und ging bis zum nächsten Treppenfenster und stützte sich und versuchte, durch das einzige farblose Glas zu sehen, das zwischen den bunten eingesetzt war. Da zögerte sie, riß sich zusammen in einen einzigen heftigen Wunsch. Möchte doch hinter der Scheibe etwas ganz anderes sein, etwas ganz Unerwartetes. Sie hielt ihr Gesicht hin. Drunten zwischen den angrenzenden Häusern lag ein Hof, in welchem gerade eine Laterne anging. Ein ausgespannter Karren stand darunter. Ein Arbeiter wartete gerade auf einen andern, welcher mit einem Arm nach dem Ärmel seiner Jacke fuchtelte. Marie wartete, bis er die Jacke an hatte, dann nahm sie ihren Korb und ging auf die Straße herunter.

Für seinen Schwager von außerhalb, welcher in der vergrößerten Spenglerei mitarbeiten sollte, hatte der Spengler das Schlafzimmer zu der Kammer abgemietet. Alle drei Frauen zogen die Betten von einem Zimmer ins andere. Das verschlissene, rohrote Bettzeug quoll in das Wohnzimmer. Breit und tölpisch standen jetzt die mächtigen Betten, zerquetschten Bilder, Teppiche und Schränkchen. Der kleine Junge drückte sich still gegen die Wand, aber er stieß gegen ein Wandbrett und die kleine goldene Vase rollte unter das Sofa. Er wollte sich bücken, stieß sich und fing zu weinen an. Niemand kümmerte sich darum, weil alle verstört in diesem Zimmer herumblickten, in welchem die Möbel über sie gekommen waren und bissig und gefräßig geworden wie Tiere in einem Käfig. Durch die Fenster kamen heiße, rotgoldene Ströme von Sonne, spiegelten sich auf polierten Holzflächen, liefen die Kanten und Bilderleisten entlang. Einige Minuten lang blieben sie ganz starr stehen. Auf einmal zuckte die Mutter zusammen, mitten in ihr drin hatte sich etwas Altes aufgerichtet, sie richtete auch schnell ihren Rücken auf und sah mit festen Blicken um sich. Ihre Augen wurden dunkler und trockner. Mit ruhiger Stimme ließ sie dieses und jenes geschehen. Sie preßte die Lippen zusammen und faßte selbst noch einmal an, den Schrank gegen die Tür zu schieben und das Sofa an die andere Wand und die Betten unter das Fenster. Sie gab nicht nach und ließ nicht locker, bis alles seinen Platz hatte. Gegen Abend war in einer Ecke des Zimmers ein neues Wohnzimmer entstanden, wo man sich um den Tisch herum unter die Lampe setzen konnte. Dort deckte die Mutter den Tisch.

Sie mußten oft hinter dem Spengler herfegen, welcher, statt durch die Küche zu gehen, immer schnell durch das Wohnzimmer lief. Und er ließ auch manchmal eine Zange liegen und manchmal eine Schachtel, als ob er sich nicht daran gewöhnen könnte, wo ein Zimmer anfing und das andere aufhörte.

Der kleine Junge wurde so still und flach wie ein abgefallenes Blatt.

Anna zog sich hinter der Schranktür an und ging leise herunter.

Marie lag viel auf der Bank, als verbrauche sie dadurch weniger Platz als im Stehen und Gehen. Sie legte die Hände um ihre hochgezogenen Knie. Sie hatte nicht gewußt, daß auch die Dunkelheit schwanken konnte. Sie wartete auf die Nacht. Aber das Dunkle, das doch selbst ein unverrückbarer Block war, schwankte auch, als würde es selbst noch einmal hin- und hergeworfen in einem Meer von Dunkelheit.

Von der Straße her kam Geschrei und ein wenig Musik. Auf der Treppe klang ein Lachen wie helle, auf dem Boden zersplitterte Scherben. Anna zog vor der Tür die Schuhe aus und kam herein. Marie richtete sich auf. Sie konnten einander im Dunkeln nicht erkennen. Da starrten sie sich mit aufgerissenen Augen an wie zwei Blinde. Morgens sagte die Mutter traurig: „Was war denn das, Anna.“ Anna sagte leise: „Ich kann ihn doch nicht mehr hier heraufnehmen.“

Einmal kam eine Ansichtskarte von dem Jungen, auf welcher ein Denkmal abgebildet war. Anna nahm die Karte mit und zeigte sie dem Gintler. Die Mutter legte den Arm um den Kleinen und erklärte ihm die Karte wie ein Bilderbuch.

Dann nahm Marie die Karte und zog sie zwischen den Zähnen hin und her. In der Schule hatte ein Bild gehangen, auf welchem ein Engel mit großen schwarzen Federflügeln ein Kind führte. Engel gab es, welche die

Kinder aus den wilden Wäldern und verlassenen Klüften herausfanden und heimbrachten. Solche Engel, welche die Kinder nachts aus dem Zimmer nahmen, weg von den ihren, und die dünnen, blanken Schienen entlang, ganz wo anders hin, in ganz fremde Städte führten, solche Engel gab es nicht.

Es gab auch gar keine Hilfe.

Es gab überhaupt gar nichts. Gar nichts gab es, als diese einzige Kraft in einem selbst drin und auch die allein war nutzlos. Marie biß in die Ansichtskarte und spukte die Fetzen weg.

Sie versuchte aufzustehen. Sie setzte sich an den Tisch. Sie legte ihre ineinander verschlungenen Hände in das helle Kreisrund der Lampe. Der kleine Bruder stichelte in sein Heft dünne, feine Buchstaben wie Stickereien. Sie dachte an den Knaben mit der Brille, der sah jetzt ein Album an. Dort war ein ebensolcher Abend, auch ein Tisch, und auch eine Lampe und auch ein Knabe, der nicht ihr Bruder war.

Anna sagte erschrocken: „Du bist ja krank, Marie.“ Sie hielt ihren Spiegel hin. Marie sah schnell in etwas fremdes, dunkelgraues.

Sie drehte den Kopf weg. Sie wollte sich wieder auf ihre Bank legen. Aber sie faßten sie unter den Schultern und legten sie in ein Bett.

Die Mutter und der Junge zogen sich gut an und gingen in die Stadt. Die Mutter sah geradeaus, als bahne sie mit festem Blick für sich und das Kind einen Weg durch diese morgendliche Stadt, zwischen diesen hin- und herlaufenden Menschen bis zu dem Punkt, wo sie hinwollte. Ihr Gesicht war röter als sonst. Sie ging zu Matthäus, fragte nach ihm und wurde hereingelassen. Sie mußten ein wenig warten. Die Wände waren hell und fahl, aber durch das Fenster kam aus Matthäus' Garten ein starker Sommergeruch. Der Kleine hob die Augen und sah erschrocken auf Matthäus Pult, weiße und blaue Haufen von Briefen und Papieren. Sein Blick blieb an etwas Hellglänzendem hängen. Da kam Matthäus herein. Er reichte der Frau die Hand und fuhr dem Kleinen über das Haar. Die Mutter wollte um Rat bitten für ihren Sohn, der Ostern in die Lehre sollte. Der alte Matthäus legte dem Jungen die Hand um das Kinn, hob es und lächelte ein wenig. Der

Kleine sah ihn ernst an aus seinem weißen, vor Angst feuchten Gesicht. Matthäus sagte: „Es ist sehr schwer, ich will mal zusehen.“ Der Kleine sah geradeaus auf die breite, von einer dicken Uhrkette gekreuzten Weste, auf der die Hornknöpfe heraufstiegen. Die Mutter redete mit leiser Stimme auf Matthäus ein, aber Matthäus sagte: „Sie kommen ja noch einmal wieder, es ist noch lange bis dahin.“ Der Kleine starrte wieder auf den Schreibtisch, das helle glitzernde Ding, in dem sich die Sonne fing, war vielleicht eine Briefwage.

Sie gingen die Straße herunter, die sie gekommen waren. Die Mutter schwieg und drehte und wendete in ihrem Kopf die mageren Worte, die ihr der alte Matthäus gesagt hatte. Der Kleine stolperte. Zwei Buben, die auf der Deichsel eines Wagens ritten, rotzige, ruppige Buben, hörten zu schaukeln auf, zeigten nach ihm und lachten.

Der Kleine wurde rot vor Scham. Die schmale Straße zog sich, als würde sie von einer Spindel abgerollt. In allen Häusern waren Fenster, aus welchen Blicke heruntertropften. An einem gewöhnlichen Morgen mußte er allein in langen schwarzen Hosen zur Strafe für etwas in der Stadt herumgehen. Er hielt sich dicht an die Mutter und versuchte, in ihr Gesicht zu sehen. Aber die Mutter hatte schon so oft die Worte des alten Matthäus hin- und hergedreht, daß ihr Kopf inwendig ganz abgewetzt war. Da gab sie alles auf und ließ es laufen. In diesem Augenblick war ihr Gesicht unsicher, nichts, woran man sich halten konnte.

Der Kleine war froh, wieder daheim zu sein. Er hatte Lust, an alles zu tupfen, an die Lehnen, an die Deckchen, an die Hände der Schwester. Er brachte Marie ihren Teller ans Bett und tupfte an ihren Zopf, der hart wie aus Schnur geflochten war. Marie wußte nicht, was sie ihm Gutes tun sollte, sie sagte: „Iß doch selbst auf, ich kann ja nicht.“

Dann gab es rundherum einen großen Lärm, weil die Braut des Spenglers endlich angekommen war und gleich eine ganze Gesellschaft von Anverwandten mitgebracht hatte. Sie sparten sich den Umweg durch die Küche und liefen ein ums andere Mal quer zwischen Tisch und Betten. Ein großes Gelächter prustete, erstickte und platzte durch die aufgesprungene Tür. Einmal steckte eine mit großen lila Ohrringen, die vielleicht die Braut selbst war, ihren Kopf herein und schrie: „Macht doch mit, je mehr, je besser." Das Grammophon spielte. Anna bewegte die Füße unter dem Tisch, auf ihrem Gesicht hüpften helle Pünktchen herum, erloschen, und ließen es kahl und müde. Der Kleine bohrte die Daumen in die Ohren. Aber die hatten nebenan etwas Neues ausgedacht, sie stampften und klatschten. Das ganze Zimmer dröhnte und rüttelte, als hätte es Räder bekommen.

Nach einer Woche stand Marie auf, packte die Sachen zusammen und trug den Korb in die Stadt. In den Dachkanten lief das Licht in goldenen Fäden zu Ende. Auf dem offenen Platz roch es nach Herbst. Alle Menschen waren wohl nach Hause gegangen, es war so still, als sei die Zeit zerbrochen.

Marie fror. Sie war vielleicht in die falsche Gasse eingebogen. Nie zuvor war sie an dieser tiefen Torfahrt vorbeigekommen, aus der es süß nach Wein roch. Niemals hatte es über ihrem Kopf gepfiffen von einem Fenster zum andern. Aber dann war es ganz gewiß das alte Wohnzimmer, in welchem ein wenig verspätet das Nachtessen abgetragen wurde. Der Knabe trank heiße Milch aus einer Tasse, blaugerändert wie die Tassen und Teller zu Haus, und setzte die Brille ab, weil sie anlief. Die Frau bot ihr einen Stuhl. Marie setzte sich schnell, von Müdigkeit bezwungen. Die Frau sah sie ein wenig verwundert an. Im nächsten Zimmer brachte die Frau eine Schale Äpfel. Sie redete gut zu, bis Marie einen von den Äpfeln nahm, die sich blank und kühl anfühlten wie Messingkugeln.

Draußen war Nacht. Auf dem Bahnsteig hatte ihr Haar auch geflattert. Über den Dächern stand der Mond matt glänzend und rund, wie ein Luftballon, der den Händen eines Kindes entglitten ist. Der offene Platz glänzte am Ende der Gasse. Er dehnte sich und drängte die Häuser zurück mit ihren vielen kleinen Lichtern, die eins nach dem anderen erloschen, wenn man sie fest ansah. Nur noch ein paar Laternen kreisten herum, wie Irrlichter auf einem Sumpf. Marie lehnte sich an die Mauer. Aber die Mauer stieß und drängte ihren Rücken, um sie abzuschütteln, in den offenen Platz herein. Marie ließ ihren Korb fallen und hielt sich mit beiden Händen fest. Der leichte Korb rollte von ihren Füßen weg.

Weit fort, auf der anderen Seite des offenen Platzes tauchte jemand aus einer Gasse auf und lief zwischen die Laternen. Marie erkannte das Mädchen mit der roten Mütze. Sie nahm alle Kraft zusammen und rief. Sie hörte ihren eigenen Ruf nicht, es riß nur inwendig. Da ließ sie die Mauer los, preßte beide Hände gegen die Rippen und schrie.

Das Mädchen stutzte und blieb stehen. Es sah sich nach allen Seiten verwundert um; denn der Platz war leer. Es zuckte mit den Achseln und ging schnell weiter, weil es Marie nicht sehen konnte, die flach auf dem Pflaster lag.

AUF DEM WEGE
ZUR AMERIKANISCHEN BOTSCHAFT

„IN dieser fremden Stadt will ich ganz anders sein. Ich werde nie mehr hierher zurückkommen, aber diese eine Woche will ich für mich haben. Was ich in dieser Stadt mache, das zählt nicht mit, das gilt gar nichts, sowenig wie etwas gilt, was man im Schlaf macht. Was ich in dieser Stadt mache, wird einfach nicht mitgerechnet. Das kann ich. Das geht."

Er wäre gern in die Stadt hinein gerannt, aber er kam ganz langsam vorwärts. Seine Füße bewegten sich gleichmäßig, wie von Drahtschnüren gezogen. Es war quälend für einen Menschen, der jede Minute ausnützen und geradeaus laufen wollte. Jetzt bewegten sich seine Füße nur noch an Ort und Stelle, herauf und herunter, aus.

Der Zug, der gerade losgegangen war, staute sich vor dem ersten Übergang. Es war ein Geschäftsviertel am Westbahnhof. Aus den Fenstern betrachteten Leute die Transparente und Fahnen in gutmütiger Langweile. Der

Fremde wollte sich gleich herauswinden, es ging aber nicht; denn er war eingemauert in Rücken, Hüften und Hinterteile. Er hatte plötzlich heftige Angst, Heimweh, sogar Reue.

Dann gab es vorn Luft. Der Zug zog sich auseinander wie eine Harmonika. Die Fahnen richteten sich auf und steiften sich. Als hätte der Ruck einen Luftzug verursacht, flogen plötzlich ein paar Fenster zu, die Köpfe verschwanden im Dunkel der Zimmer, sogar ein paar Läden rasselten herunter. Der Fremde fuhr zusammen, jetzt wo es wirklich losging, stolperte er, lächelte und lief schnell seinen Füßen nach. „Wohin gehen wir eigentlich?" Der Mann neben ihm erwiderte verwundert: „Zur amerikanischen Botschaft."

„Wie lange dauert das?" „Das kann man doch ausrechnen, um zwei soll man dort sein." Neben dem Mann ging eine Frau, die vielleicht seine eigene war. Neben der Frau ging ein schwarzer Kleiner mit einem rotfranzigen Tuch. Vor ihnen gingen vier Jungen in gleichen Jacken, mit gleichen Nacken, als ob sie zusammen einen Balken tragen würden. Sie waren bereits an der Querstraße. Es war aber leichter aus einem Knäuel herauszukommen, als aus einer Viererreihe. Er sah mit einem langen Blick die Querstraße hinunter. Die lief wirklich mitten in die Stadt hinein. Etwas in ihm platzte bei diesem Anblick auf, wurde verrückt und stürzte davon, die eisig leuchtende Straße entlang, überschlug sich und ging verloren. Hinter ihm sagte wer: „Wenn die man nicht absperren." — „Wo denn?" — „Die Brücke" — „Mal abwarten." Der Fremde horchte hin, verstand nichts, erblickte plötzlich die Stumpfen von zwei Türmen. Er erschrak vor Freude. Sie waren so schön wie die Türme auf seinen Bildern, aber sie hatten, was diese Türme nie gehabt hatten, den Geruch von Wirklichkeit, den man nur spürt, wenn er da ist. Denn wenn die Türme wirklich waren, dann war auch die Stadt wirklich, und auch er war wirklich, er ganz allein, in der fremden Stadt, wo alles anders war, endlich ganz wirklich. Streckte er den Arm aus, so legte sich die Luft um seine Hand, fremde blaue Luft wie eine Substanz. Er war glücklich und hatte Lust zu reden: „Ja, ich bin die ganze Nacht über gefahren. Ich bin gerade erst angekommen, alle Querstraßen waren abgesperrt, ich habe ganz allein in der fremden Stadt vor dem Bahnhof gestanden, da habe ich euch alle gesehen.“ — Zu faul, seinen Kopf zu drehen, warf ihm der Mann aus den Augenwinkeln einen Blick zu, einen Blick vollkommener Gleichgültigkeit. Es war schlecht, einen solchen Blick zu bekommen, und er fuhr heftig fort: „Das will ich mal tun für die beiden Jungens, denn die dauern mich.“ Der Mann warf ihm wieder einen Blick zu, sein Gesicht erstarrte vor Geringschätzung. Von hinten drängten sie immer: „Schneller, dichter, macht zu, bevor sie absperren.“ Der Mann drehte sein Gesicht endgültig von ihm weg, der Frau zu, die Frau sah ihn schnell an und senkte die Lider.

Etwas in ihr schnappte zu, was offen gewesen war, vier, fünf Jahre. Oben im Kopfe ging es zu und unten auch. Daß das überhaupt mal zuging. Nämlich, Paul, das würde ja gar nichts nützen, wenn er noch da wäre. Der wäre ja gar nicht so, wie er war, bevor er tot war, sondern, wenn einer am Leben bleibt, dann wird er eben anders. Und Paul, der wäre jetzt so gewesen, wie der ist, der neben ihr geht, auch so mürrisch und steintrocken. Paul war ja von vornherein grämlich, und so einer wird mit der Zeit ganz steinern. Alles an ihr hing sich herunter vor Nachdenken, ihr Kiefer, ihre Schultern, ihr Bauch, ausgebeutelt zur Strafe, weil so oft was drin war. Der Mann dachte: „An der ist auch nicht mehr viel zu holen, die ist genau so ausgefegt wie meine zu Haus. Von wegen dauern.“ In seiner Tasche zwischen Daumen und Zeigefinger preßte er ein Geldstück, von dem die daheim unmöglich wissen konnten, daß es da war. Die konnten auch nicht wissen, wann das vor der Botschaft zu Ende war. Vielleicht sperren sie ganz ab. Da wollte er sich mal was antun, mal verschnaufen. Von wegen dauern. Die beiden Jungens. Kein Hahn kräht nach einem. Ihm haben sie nicht mal jemand vom Verband geschickt. Er hatte noch der Frau gesagt, daß sie sicher jemand schicken werden. Er war ja lange genug im Verband, in der Nacht hatte es ihm gewürgt und seiner Frau hat es auch so gewürgt. Erstens wegen Stephan, dem Zerquetschten, dem Begrabenen, und zweitens, weil es sich dabei herausstellte, daß sie nicht mal jemand vom Verband schickten.“

Von hinten drängten sie. Schneller! Dichter! Jemand rief wütend: „Paßt acht, die drücken uns auseinander!“

Auf einmal fingen alle zu rennen an. Die Frau legte die Hände um ihren Bauch und rannte. Der Kleine an ihrer Seite drückte die Ellbogen an sich wie zu einem Dauerlauf. Der Mann ließ im Rennen das Geldstück zwischen Daumen und Zeigefinger los und fuchtelte verzweifelt in seiner Tasche und seinem Hosenfutter. Er rannte, aber seine Kehle war eng vor Wut, weil das Geldstück durch das Hosenbein auf das Pflaster gekollert war.

Der Fremde nahm seinen Hut in die Hand und rannte. Er nahm sich vor, bei der nächsten Querstraße abzuspringen. Er warf einen schnellen Blick in die Reihe angespannter, feuchter Gesichter. Niemand gab auf ihn acht. Er bog scharf ums Eck, aber zu seinem Erstaunen bogen alle scharf um. Sie trieben wie ein Keil in die Querstraße hinein, in die dunkle zähe Menschenmenge. Einen Augenblick schwammen die Fahnen und Transparente auf einem Meer von Köpfen. Dann gaben die Menschen nach, teilten sich auseinander und ließen den Zug allein mit seinen Fahnen und Liedern. Sie ließen ihm noch einen breiten, glänzenden Streifen Asphalt rechts und links dazu. Die kleinen schmierigen Cafés füllten sich. Die

Straße äffte den Zug und wurde plötzlich unermeßlich breit, daß der Zug wie ein Faden war. „Was ist denn passiert? Ich bin doch allein in der Stadt, und eben war ich ganz glücklich." Der Fremde hätte sich am liebsten drüben hingesetzt, um einfach alles vorbeiziehen zu lassen, aber die anderen dauerten ihn, die drei in seiner Reihe, die dann ohne ihn waren. Er hob den Kopf und erblickte wieder seine beiden Türme in unerwarteter Nähe. Sein Herz zog sich vor Freude zusammen. Diese Türme standen wie Wächter über seinem Wunsch, über dem unerfüllbaren, verrückten Wunsch seiner Jugend, der heftigen, in Scham und Angst geheimgehaltenen Begierde, der letzten Hoffnung der letzten Jahre: allein in die Stadt zu fahren.

Der herankommende Zug streifte die Gesichter über den Tischen mit einer Wolke von Unbehagen. Die Blicke der Demonstranten trafen sich mit den Blicken der Sitzenden, hakten sich fest, zogen sie hinter sich weg von den Marmortischen, schleiften die stumpfen, rauhen Blicke, bis sie glatt waren, und der ganze übrige Zug glatt an ihnen vorbeirutschte.

„Macht zu! Die sperren!" —

Ja, wenn sie absperren, konnte man einfach

nicht drüber, dann konnten sie umkehren. Konnte man einfach die Tür aufreißen: Da bin ich. Das Zimmer war ja wohl leer. Da konnte sie in den Hof hinunterrufen: Da bin ich! Paul hatte abends immer zwischen den schlafenden Kindern gehockt, auf die Tür gespannt, ihren Körper zurückzukriegen aus der fremden, schrecklichen Stadt. Nie war es mehr so gewesen wie früher, als sie gespannt hatte. Es war, als ob er von seiner Arbeitsstätte das Wichtigste mitgebracht hätte, das, was man braucht, um nachts glücklich zu sein. Der Mann sagte: „Die sperren, da rennen wir uns umsonst die Beine krumm." Der Kleine erwiderte schnell, wie gestochen: „Wieso denn umsonst?"

Ein kurzer Dicker schob sich aus einem Café quer über die Straße. „Hallo, Stephan!" Und der mürrische Mann warf dem Fremden neben sich einen kurzen Blick zu. Aber der ließ sich nicht wegdrücken. Einen Augenblick liefen sie zu fünft nebeneinander. Der Mann gab ihm wieder einen Schubs von Blick, aber der ließ sich nicht wegdrücken, fiel ihm nicht ein, seinen Platz einfach abzugeben. Der Fünfte betrachtete ihn verärgert aus seinem rotgeschwollenen, von innen wie ein Kinderballon aufgeblasenen Gesicht und stellte sich woanders ein.

Sacco und Vanzetti. Sie schämte sich sehr, hätte gern gefragt, besonders den Kleinen neben ihr, der „warum denn umsonst“ gesagt hatte. So geht es einem, wenn man sich schämt zu fragen. Sie hätte gleich am Anfang fragen sollen, wie alle zuerst davon gesprochen hatten. Sie schämte sich wirklich, die Männer zu fragen, da lief sie schon lieber einfach mit. Sie dachte und dachte, aber sie kam jetzt nicht drauf, was mit den beiden war, was die zwei getan hatten, von denen man immerzu sprach, und fragen ging nicht. Sie grübelte nach, dann fiel es ihr ein. Sie war ganz erleichtert. Jetzt fiel es ihr endlich ein, daß die beiden gar nichts getan hatten, nichts Großes und nichts Kleines, sondern einfach unschuldig waren.

Die Luft war feucht und schwer und allen war sehr heiß. Der Kleine knüpfte unschlüssig sein rotes Tuch ab, knäulte es zusammen, besann sich anders, legte es um die Schultern und steckte die Enden in die Taschen. Absperren, umsonst laufen, rufen einen, schicken einen wieder heim, rufen einen, schicken einen wieder heim. Nichts geschieht. Morgens reißt man sich los, und abends kommt man wieder. Sein rundes braunes Gesicht mit dem rasierten Kinn, blau wie Tinte, war gequält vor Hoffnung. Vorne drehte sich einer um: „Bist auch da, Kleiner.“ „Immer.“ „Geht glatt heute.“ „Glaub ich nicht.“

Rechts und links vor den Cafés schrien und wedelten die Zeitungsverkäufer, ihre Extrablätter flattern um die Marmortische. „Man hat sie wieder ins Totenhaus gebracht!“ Gesichter senkten sich, hoben sich, eingetaucht in Schrecken. Sie drohten gegen den Zug, als ob sie ihn abgeschickt hätten, den allzu trägen. Der Zug straffte sich, rechts und links in den Gesichtern ging der Schrecken aus, einen Augenblick waren sie leer, wie verträumt, dann füllten sie sich mit was anderem.

„Man hat sie wieder ins Totenhaus gebracht.“ Es ist eng und dunkel, der Boden unter ihnen steinhart. Sie haben gar keinen Speichel mehr im Mund. Die stecken mitten drin, die wissen woran sie sind, haben sich morgens nicht umsonst losgerissen. Aus dem Dunkel drehen die beiden ihre weißen, glänzend feuchten Gesichter zu ihm hin. Schmerzend und widerstrebend ziehen sich alle Gedanken in seinem

Kopf in dem einen Wunsch zusammen, an ihrer Stelle zu sein, aber sein Herz stößt gegen diesen Wunsch mit wütenden harten Schlägen und im Schoß ein Stich.

Man hat sie ins Totenhaus gebracht. Es stinkt nach Chloroform und Äther. Drei, vier starke Männer in weißen Kitteln versuchen umsonst das Blut aufzuhalten, das geduldig und langsam aus einem herausfließt, aber für Männer gibt es andere Tode. Pauls Gesicht war ganz in die Länge gezogen. Er war noch immer braun verbrannt und doch ganz bleich, wie gelbe Blätter. Aus dem Dunkeln wenden die beiden ihre Gesichter, übermäßig in die Länge gezogene, gelbliche Zwillingsgesichter. Sie graulte sich, bezwang sich und sah sie fest an.

Man hat sie ins Totenhaus gebracht. Aus. Schluß. Es ist doch Schluß, die Weiber begreifen das nicht, man möchte Schluß machen, aber die Weiber heulen. Ein kleines gerieftes Totenhäuschen aus Wellblech, zwischen zwei Schienensträngen auf dem Westbahnhof. Er drängte sich durch die Proleten, aber seine Arme sind wie Papier. Aus dem kahlen Gesicht auf dem Boden fliegt der Schnurrbart weg. Ihm, dem Vater, soll man nichts weismachen, er arbeitet lange genug auf dem Westbahnhof. Zwei Puffer und dazwischen ein Pfannkuchen. Er weiß, was unter der Decke ist. Er reißt die leidige Decke weg. Er weiß nicht, was er denken soll. Da denkt er mal schnell, ob sie wohl jemand vom Eisenbahnerverband zu diesem Begräbnis schicken? Er schämt sich, aber es ist gerade kein anderer Gedanke da. Aus dem Dunkeln drehen die beiden ihre Gesichter um, das eine mit einem Schnurrbart, das andere, nun, mit einem rasierten Kinn und einem roten Halstuch. Sie sehen einander aufmerksam an, er kann ihnen nicht helfen, und sie können ihm nicht helfen.

Man hat sie wieder ins Totenhaus gebracht. Das tut man vierundzwanzig Stunden vorher. Sie waren schon mal drin und sind wieder herausgekommen. Er tut für sie, was er kann. Er ist allein in der Stadt, und niemand hindert ihn. Sie warten und warten, sie wollen miteinander reden, aber ihre Zungen sind schwer und ihre Gaumen rauh. Sie wenden ihm aus dem Dunkel ihre weißen Gesichter zu, ihm, dem Fremden, dem Neuankömmling. In ihrem Kopf winden und krümmen sich die Gedanken, was er für sie tun kann. Und im Schoß ein Stich.

Man hat sie wieder ins Totenhaus gebracht. Man müßte noch vor der festgesetzten Zeit vor der Botschaft ankommen. Rechts und links von ihnen flogen die Ufer vorbei, blau besät mit Siphonflaschen, ein Dickicht von Stühlen und Tischen, herumlagernden Menschen, welche sich ausschnaufen dürfen und von dieser schrecklichen, verzweifelten Eile verschont waren. Er drehte sich nochmal nach seinen Türmen um, sie waren schon weit hinten, sahen auf einmal aus wie Türme auf Ansichtskarten. Der Fremde drehte enttäuscht den Kopf zurück. „Wo ist eigentlich die amerikanische Botschaft?" — „Auf dem rechten Ufer, natürlich, da wohnen die doch alle."

Auf dem rechten Ufer. Er war ganz überrascht. Jeden Abend, Monat für Monat, wenn alle schliefen, hatte er den Stadtplan vor sich ausgebreitet, allein mit seiner teuren Stadt. Jetzt sehnte er sich plötzlich, die Straßen, Menschen und Häuser möchten verschwinden und alles sein, wie es das ganze Jahr über gewesen war, ein Netz aus Quadraten. Er kannte und liebte sie alle. Er hatte sein Lager, ein rotes Kreuzchen, bald in diesem, bald in jenem Quadrat aufgeschlagen. Jedes Quadrat in der

Mitte oder am Rande konnte alles enthalten, was er brauchte, in jedem war alles möglich. Komisch war, daß er nicht wußte, wohin mit der Botschaft. Ein Quadrat hatte sie nicht, aber deutlich war sie. Sie lag bestimmt hinter einem großen wichtigen Platz, in den viele Straßen hineinmündeten. Das Gitter hatte vergoldete Spitzen. Die Rasenflächen hinter dem Gitter waren frisch und unberührt. Rund herum war alles heiß und grau, die Luft lag auf einem wie ein Brett, aber hinter dem Gitter glänzten Wassertröpfchen auf allen einzelnen Blättern und Gräsern. Rechts und links in den Bosketten blühten, ja leuchteten Blumen in nutzloser, unverständlicher Frische. Der Weg war weiß, als ob die Füße, die darauf gingen, nie Spuren hinterließen. Die Treppe war auch nicht zum Beschreiten da. Wer sollte überhaupt in das Innere eines solchen Hauses hineinwollen? Die weiße Fassade blendete schon die Blicke zurück. Er sah auch keinen Menschen. Seine Frau stemmte die Ellenbogen auf den Tisch, das Gesicht in die Hand, zerquetschte zwischen den Fingern ihre dicken, roten Backen, ihre Brust gegen die Tischplatte und hörte ihm aufmerksam zu.

Von vorn nach hinten gaben sie durch die Reihen zurück: die sperren da vorn, — zusammenbleiben, — schneller.

Es war ihr warm zwischen den Beinen, und sie hätte gern mal nachgesehen. Sie hoffte so, es war aber überhaupt noch gar nicht möglich. Sie fing wieder zu zählen an, Montag vor Montag, vor Montag. Jetzt war Montag zwölf Uhr. Bis zum Abend waren es noch gewöhnliche Stunden, dann war es erst schlimm. Nachts immer aufwachen und nachsehen. Wenn es erst nächsten Montag ist, dann ist man eine ganze Woche frei, kann man denken, woran man will. Unnütz ist's, lohnt nicht, schlecht ist es, man denkt ja schon immer währenddem an das Spitze, Scharfe, was nachher kommt an dieselbe Stelle. Er hat nicht mal besondere Lust gehabt, bloß herausgepufft und herumgetrudelt, und sie hat auch keine besondere Lust gehabt, hat sich bloß gefreut, daß das noch von ihr jemand will, was aber gar nichts zum Freuen ist. So ist sie, wie sie ist, alles Süße hat man aus ihr herausgequetscht, Tag und Nacht, fertig ab, aber in ihrem Kopf drin ist es fest und klar geworden, und Schenkel und Bauch, die hängen doch bloß dumm außen an einem herum, ob so einer noch was dran findet, das ist für so eine wie sie nichts zum Freuen und nichts zum Grämen. Sie ließ die Schultern hängen und schämte sich, machte sich schnell wieder straff und zuckte mit den Schultern. Sie wollte die falsche Zeit loswerden, die immer durch sie durchlief und die richtige große Zeit haben, in der man frei herumläuft. Der Mann neben ihr legte auf einmal den Arm um ihren Rücken und faßte sie mit der Hand scharf am Oberarm. Sie freute sich, aber er schob sie nur vor sich her, wechselte den Platz, um neben den Kleinen zu kommen, ihn zu fragen: „Wieviel Züge gehen da los?" „Sechs. In allen Städten gehen heute solche Züge." Der Mann warf ihm einen seltsamen Blick zu, seine Mundwinkel tauten auf. Er hatte mit der linken Hand das Geldstück gefunden, das nicht auf den Boden gekollert war, weil er es in Gedanken von einer Tasche in die andere gewechselt hatte.

Der Zug drückte sich zusammen. Hinter dem Zug auf der Straße blieb einen Augenblick eine weiße Spur stehen, wie die Fahrtrinne eines Schiffes. Dann überwanden die Menschen ihre Scheu und strömten darüber zusammen.

Er ging jetzt neben der Frau. Sie sah ihn kein einziges Mal an, versuchte angestrengt zu verstehen, was die Männer sprachen. In ihrem grauen, trockenen Gesicht waren zwei Mundwinkel voll Süßigkeit, sogar die gaben ihm einen Stich, weil er sich sehr mehr wünschte.

Er wünschte sich mehr, hatte genug Zug, machte schnell einen Schritt seitwärts. Niemand gab auf ihn acht. Er machte noch ein paar seitliche Schritte, spürte schon fremde Schultern, Ärmel, Frauen, süßen Geruch. Er blieb unschlüssig stehen. Der Zug blieb dann auch stehen. Sofort zog sich die Stadt in einem harten Ring zusammen. Er zögerte und ließ sich beiseitedrücken. Einen Augenblick lang war es außen leicht und flimmrig gewesen, fremde, süße Stadt; innen im Zug war es schwer vor Spannung. Vor dem Zug über die Uferstrafe liefen Autos aus einer aufgeplatzten unerschöpflichen Autowolke. An der schlechten Stelle, wo immer Angst in ihm aufkam, pochte es schon, warum, wußte er nicht. Er starrte geradeaus, alle starrten geradeaus nach den Posten auf dem Brückenkopf. Weiter! Der ganze Zug schwenkte in einem heftigen Ruck auf den Brückenkopf, es ging ganz glatt, nichts war gesperrt, die Posten rührten sich nicht, der ganze Ruck zuckte die Reihen zurück und war vertan. Der Kleine runzelte die Stirn und fing zu pfeifen an. Der Fremde verstand gar nichts, es hörte in ihm zu pochen auf, warum wußte er auch nicht.

Es gab keinen Grund zum Umkehren. Sie hätte gern vor der Brücke den Zug verlassen, aber sie schämte sich vor den Männern, die glaubten dann, daß sie sich fürchtete. Sie fürchtete sich auch wirklich, fürchtete sich vor den Polizisten, die mit ihren Knüppeln den Heimweg zu den Kindern versperrten. Gustavs Weinen zog sie ohnedies über die Brücke wie ein ewiger, von einer endlosen Spule abgerollter, in ihre Stirn eingefädelter Faden. Sollten andere mit solchen Umzügen gehen ans letzte Ende der Stadt, Freie, Glückliche, die nicht so ein Zimmer hinter sich herschleifen voll Kinder und Teller und Wäsche.

Der Fremde sah über den Fluß, Kähne und Flöße lagen breit und fest auf einem Geflimmer von ungewissen zittrigen Wolken und Städten. Wo die Ufer enger wurden, lag eine zweite geschweifte Brücke. Über diese Brücke wollte er zurückkehren.

Er schlüpfte zwischen zwei am rechten Brückenkopf aufmontierte Posten. Da hieß es: „Hier herum!" Die Brücke herunter, quer über die rechte Uferstraße wurde der Zug, genau wie sie es selbst vorhatten, zwischen zwei Gendarmenreihen in die Oststadt hineingeleitet. „Das geht ja glatt heute!" — „Abwarten!" Enge schmierige Cafés, vollgestopft, genau wie drüben, aber dichter. Leere Stühle schnappten nach seinem Hintern, denn er war sehr müde. Gut, daß der Zug da war, der rollte einen glatt durch die große Stadt! Es kam auf den ersten Tag nicht an. Er brauchte die Nacht. Gassen und Plätze, Türme und Brücken lagen alle bloß rund herum um den kleinen weißen Kern, um das Eine, Fremde. Damit tun, was er wollte. Seine Begierde war noch viel heftiger, jetzt, wo die Stadt rund um ihn herum war. Lange Schweife von blauen Syphonpunkten vor seinen sehmüden Augen, und zu seiner Begierde verzweifelte Traurigkeit, die die unmöglichen Begierden begleitet. Er erschrak.

In den schmierigen billigen Cafés der Brückenstraße klitschige Jungens, bunte schluttrige Mädchen, aber auch nackte Hälse und Blaujacken. „Eilt euch, Kinder! Da sind schon vor euch welche vorbei, dortherum!“ Stühle wurden leer und in die alten Reihen klemmten sich neue. „Eilt euch!“ riefen sie aus den Fenstern der an- und absteigenden Straße. Eine Minute lang wurden die niedrigen Zimmer von Fahnen gestreift, die ihre flatterigen Schatten über Herde und Betten zogen. Frauen drehten sich rum und sagten ins Innere der Häuser: „Die schlagen die Botschaft zusammen.“ Unter ihren Füßen schnurrte die Straße ab, kurbelte sich geschwind um einen Brunnen herum, bis der runde Platz voll war.

Vom Sockel herunter warf eine Stimme Sacco-Vanzetti-Proteste-Klassenjustiz in die offenen, hochgehobenen Stirnen.

Nein, sie werden nicht sterben. Der Fremde glaubte nicht daran. Die Frau glaubte es auch nicht, auch nicht der Mann an ihrer Seite. Auch der Kleine dachte: nein, sie werden nicht sterben. Sie waren wieder im Totenhaus, aber er muß sie herausbringen. Sein Herz zog sich in einer verzweifelten Anstrengung zusammen, die genügt hätte, um heilige, übermenschliche Taten zu verrichten, fiel wieder auseinander in müder, gleichgültiger Trauer. Sie werden sicher sterben. Bomben waren ebenso nutzlos wie Bitten, der ganze Umzug war nutzlos. Daheim konnte der Alte mit dem Karren allein nicht fertig werden, pfiff gegen die Haustür, aus der dann gleich Marie auf die Straße trat, und die Feigenkaufer am Karren starrten nach ihr hin: Brust und Arme, dünne, ganz hohe Schenkel, daß jeder sofort gerade darauf sah, und im blassen Gesicht dünne glitzernde Augenspalten. Er faßte Marie unter die Achsel, schüttelte sie, warf sie weg und schlug die Tür zu. Er sagte: „Sie werden bestimmt sterben.“ Der Mann begriff es, verlor sofort seinen Glauben und stimmte bei: „Die sind vielleicht schon tot, man wird sie schon heimlich gehängt haben. Da nutzt alles nichts.“

Der Zug drehte sich langsam vom Sockel ab in die einmündende Straße. Der Fremde erkannte den leeren Platz, Kirchenportal, Häuser und Brunnen, die fielen jetzt auseinander wie Schalen, und der Brunnen war dumm auf dem leeren Platz ohne Stimme. Seine Begierde fiel ihm ein, wie eine Sache, die einem entfallen ist. Sie war gar nicht mehr stark, und er wurde traurig. Er wollte sie wiederhaben, aber es fiel ihm nichts ein. Dann machte er etwas in seinem Kopf: Brust und Arme, dünne, ganz hohe Schenkel und im bleichen Gesicht schmale glitzernde Augenspalten. Es hielt eine Zeitlang, dann war es vorbei. Niemand sprach ihn an, fragte ihm seinen Gram ab.

Rechts von ihr ging der mürrische Mann, immer bloß mit dem Kopf zu dem Vierten. Links von ihr guckte sie überhaupt nicht hin, der war ganz fremd, wie ein Brett dazwischen. Sie fing wieder an zu zählen und schüttelte sich zornig. Sie wollte an ihre eigenen Kinder denken, nie bekam sie den Tag der Kinder zu sehen, drei Schlafe auf dem Bett, wenn sie nachts heim kam. Frühmorgens machte sie sich wild her über die Stücke, die von den Kindern zurückgeblieben waren, Strümpfe und Jacken und Wäsche. Unter dem Fenster war der frühe Hof, ratzekahl, wie der Himmel darüber. Man hätte die beiden Vierecke miteinander vertauschen können. Sie war todmüde von dem Tag, der noch gar nicht da war. Es langte nur in ihr, um kleine Stiche zu machen, einen neben den anderen. Sie wollte sich etwas ausdenken, aber ein jeder Stich stach ihr einen Gedanken durch. Niemals würde sie einen dieser leuchtenden Gedanken denken, wie sie die Männer ausdenken, damit man sich daran festhalten und leben konnte.

Keine Gendarmen, nicht mal Posten, gar nichts. Das liegt denen nicht auf. „Die lassen uns glatt durch.“ Der Fremde war erleichtert, sagte über die Reihe weg zu dem Vierten: „Die lassen uns glatt durch.“ Der dritte Mann fing seine Frage ab, erwiderte mürrisch, wie man den Fremden erwidert, „ganz bestimmt nicht.“ Hinten sagten sie: „Die lassen uns mal ruhig ran, die sperren rund um die Botschaft.“ Wie Stiche von einer geheimen Krankheit, vor der man sich fürchtet, hatte er Stiche von Angst, die kriegte er immer, im Amt, auf der Straße, im Bett. Er hatte geglaubt, in der fremden Stadt blieben sie fort.

Der Zug zwängte sich durch die graue Schlucht der Bankhäuser. Die Läden waren vollkommen geschlossen. Es war, als ob man die Transparente an Blinden vorbeitrug. Sie überquerten eine Allee. Die Stadt zog sich vor ihnen zurück, dehnte sich breit und grün nach allen Seiten. Nichts wird ihnen geschehen, niemand braucht den Kleinen, nichts wird von einem verlangt, sie werden einfach umkehren. Morgens geht man weg, reißt sich von allem los, wie für immer, macht sich ganz hart, dann wird man gar nicht benutzt und kehrt abends heim. Zarte, rieselige Vormittagsschläfrigkeit lähmte einem die Beine, dusselte die Gedanken. Er wurde immer langsamer, holperte, stolperte, einer torkelte schläfrig an den anderen, die Fahnen sackten, aus. In kleinen Villen hinter den feuchten, stillen Gärten brannten Lichtchen in den fusseligen Vormittag. Hunde schlugen an. Die Botschaft war sicher sehr weit. Alle fühlten im Rücken, daß der Zug nicht lang war. Sohlen kostete das, Stephans Schuhe waren zwei Nummern zu klein, seine Schuhe und seine Kleider, den ganzen Krempel sollte man mal endlich wegtragen, Stephan, lustig, würde sagen: das kann ich ja doch nicht brauchen, mich haben sie so platt gequetscht, da müßt ihr mir ein extra Futteral nähen, nun trag mal den ganzen Kram zu Jud, Vater, und mach dir 'nen guten Sonntag. O, solche Ströme von Mürrischkeit flossen aus ihm heraus, genug eine Stadt zu ersaufen.

Sie überquerten wieder eine Allee, zögerten. Eine breite, mäßig belebte Straße öffnete sich, wurde völlig kahl vor dem roten, langsam heranrückenden Querstreifen. Die Häuser waren grau und tot, wie Kulissen, die man rechts und links aufgestellt hatte, um eine Straße herzustellen, auf der ein Zug gehen kann. Ging der Zug auseinander, dann war der Fremde wieder allein, wie frisch angekommen, dann fing alles nochmals von vorne an. „Dauerts noch lange?" Die Frau zuckte beschämt die Achseln. „Ich weiß doch nicht." Kommt sie mal gar nicht heim, werden aus Annas Augen schwarze Löcher von Mißtrauen: habe mir immer gedacht, daß du mal ganz wegbleibst. Voriges Jahr hatte sie mal solche Angst bekommen, da war sie eine Zeitlang nirgendswo mitgegangen. Sie hatte sich eins der Kinder nach dem anderen vorgenommen und soviel an jedem gebürstet, genäht und gerieben, wie man an einem Kind reiben und bürsten kann, dann hatte sie sich's rum überlegt.

Vorn kam wieder ein Lied hoch, löste sich ab, zu leicht und dünn für einen schweren und finstern Zug. Nur der mürrische Mann sang noch weiter, weil er gar nicht merkte, daß er allein sang. Er sang mit voller, ja reiner Stimme, weil es ihm gut tat, den ganzen Zug entlang. In allen Häusern hörten sie ihn allein, das wußte er gar nicht. Er hörte erst bei derletztenZeileauf, glaubte, dieanderenhättenmitihm aufgehört und brauchte sich nicht zu schämen. Seine Mundwinkel krümmten sich wieder, sein Gesicht überzog sich mit einem Reif von Mürrischkeit. Einer vorn drehte sich rum und schrie nach dem Kleinen: „Da stehen welche, nu also, Reihen halten". Der Kleine sah seine herunter, Mann, Frau, Mann. Am Ausgang der Straße waren Posten aufgestellt. Sie ließen sie langsam durch, Reihe für Reihe, wie Schafe zur Schur. Es war dem Fremden, als ginge er über eine Schwelle. Auf einmal, ritsch, riß Gustavs Weinen hinter ihr ab, so lang war der Faden gewesen, aber nicht länger, das ganze Zimmer rutschte ins Dunkle herunter. Sie sah die neue Straße herunter, mit Posten vor jedem sechsten Haus. Die Falte in ihrer Stirn spannte, daß es ihr inwendig weh tat. „Ho, Ihr vorn, einbiegen!" Der Kleine legte die Hände an den Mund und schrie. Er reckte sich böse, aber der Vordermann war viel größer als er. Weiter voran schrie einer zurück: „Laß mal, daneben ist zu!" Der Kleine spitzte; die rannten an ihrer ausgemachten Straße vorbei, wie Gänse an einem Zaun. Er drehte sein Gesicht vom Zug ab, der Querstraße zu, die schnappte nach ihm, er stemmte sich einfach hinein, es war gar nichts. Er lief vorwärts, schlug aufs Geratewohl mit den Knöcheln gegen die nächsten Fensterscheiben, drehte sich rum, die kamen nach, der vordere und der hintere Teil des Zuges waren wie zwei Flügel zusammengeklappt und durchgestoßen. Die Polizisten waren gegen die Wände gedrückt. Die Gasse bäumte sich auf, schrie und stöhnte; als ob ein Wind nach einem unbekannten Gesetz kreuz und quer durch die Gasse blies, flogen manche Fenster auf und manche zu. Der Fremde verlor seinen Hut, fuhr sich über das bloße Haar und rannte. Blind vor Angst rannte er gegen etwas flattrig Rotes, prallte gegen den Kleinen, der sagte lächelnd: „Wir sind durch." Es gab einen neuen Zug. Der Kleine lief zwischen dem Mann und der Frau, ihre Ellenbogen in seinen hohlen Händen und drückte sie vorwärts. Der Fremde lief nebenher. Die Gasse war dunkel vor Angst. Er lief aufs Geratewohl nach dem Geräusch der Schritte. Hinter ihnen am Eingang der Straße tönte ein Schrei, ein langgezogenes Aah! Der Mann sagte: „Die haben auch was weg." „So lang du nicht rüberfliegen kannst, mußt du unten durch."

Posten sperrten die Straßenkreuzung, die Leute klumpten sich, stutzten, — laß die mal erst gar nicht ausschnaufen. Hinter dem Fremden war zugesperrt und vor ihm auch, über ihm war ein schmaler Streifen Himmel, angeschwärzt vor Angst. Fliegen können, hat wer gesagt, weg aus dieser Mausefalle von Gasse. Jetzt war daheim ein weißer Tisch gedeckt. Hinter ihm saß die Frau, die fremde, glitschige, verteilte unschuldig Suppe. Eher wird er gar nicht heimgehen, als vorzeitig, so groß ist seine Angst gar nicht, wie sie ihm weismachen. Durch muß er. Alle drückten, die Posten schlugen zu. Im Klumpen wurde gestöhnt, der Mann sagte: „Den hat's wieder." Der Kleine sagte: „Ohne das geht's nicht". Der Mann sagte: „Nein."

Es war eine schmale Straße zwischen Gartenmauern. Hinten glänzte etwas Helles, ein weißer Platz. Helle, weiße Plätze glänzten in allen Augen. Auf dem Gesicht des Mannes bekam die Kruste Sprünge. Er erkannte die Fassade eines Hauses, unterschied sogar die Säulen. Wenn der, den er suchte, überhaupt irgendwo wohnte, dann nur da drinnen. Er hatte ihn endlich gefunden, stieg die

Treppe hinauf und schlug mit der Faust auf den Tisch. „Ist das die Botschaft?“ „Nein, das ist das Savoy-Hotel.“ „Ist es noch weit bis dahin?“ „Oh, ziemlich.“

„Wir müssen um zwei dort sein.“ Ihre beiden Gesichter krank vor Todesangst, gespannt vor Hoffnung, wandten sich gegen ihn, den Kleinen. Quer durch ihre Gesichter stieß wie ein dünner Pfeil der Pfiff des Mannes am Feigenkarren.

Aus den Balkons und Fenstern des Savoy-Hotels betrachteten Menschen die Einfälle der fremden Stadt, den ankommenden Zug, ein Muster aus dunklen Menschen und blauen Polizisten. Fremdlinge und Neuankömmlinge. Die waren dort oben in der Luft, die waren sicher. Er hatte sein Gepäck am Bahnhof abgestellt. Er wollte kein Zimmer drei Stockwerke über der Stadt, keine Sicherheit, keine vier Wände um sich. Die lernten nie, was eine Stadt war, spürten dort oben niemals solche Angst, die einen ganz hart machte, fügten niemals ihre Körper in eine Kette und stemmten. Der Kleine stemmte dünn und zäh, die Frau stemmte mit schwachem ausgelatschten Körper, in dem vielleicht noch was drin war, der Mann stemmte seinen grauen mürrischen Block von Rumpf. Dann wurde der Platz umgekippt wie ein Teller. Alle flossen einfach wieder in die Straße zurück, aus der sie gekommen waren, vorbei an der eben durchbrochenen Querstraße, einer zweiten, einer dritten.

„Wir laufen ganz umsonst immer rund im Kreis herum.“ „Gar nicht umsonst, gar nicht im Kreis. Hier entlang.“

Die Straße war leer und schnurgerade, aber sie war so lang, daß niemand sehen konnte, wohin sie führte. Sie zog sich wie Straßen im Schlaf, die erst dadurch aufhören, daß man aufwacht. Auf einmal war der Fremde gewiß, daß er gleich aufwachte. Er fühlte schon die Sonne auf seiner Steppdecke, abgestandener Nachtgeruch süßlich bittren Schlafes, den hereinbrechenden Tag. Er machte eine verzweifelte Anstrengung, nicht aufzuwachen. Enge, endlose Schlafstraße zwängte einem das Herz in Grauen, führte aber zur Botschaft. Er wachte immer zu früh auf, er wollte hinkommen, bevor der Tag dazwischen kam.

Auf einer fremden langen Straße, dicht voll Menschen, hatte sie mal ihren Jungen getroffen,

Johann, den ältesten, liebsten. Er war plötzlich vor ihr hergegangen, sie war ganz erschrocken vor Freude. Sie war heimlich ein Stück hinter ihm hergegangen, hatte sich mal endlich heimlich von oben bis unten an ihm sattgesehen, alle teuren Stücke gierig mit ihren Augen zusammengelesen. Geplatzte Hinternaht an den Schuhen, zusammengenäht, was Männerarbeit war, Strümpfe im Ausverkauf gekauft, zwischen Knieen und Hosen ein nackter Streifen, der sie dauerte. An den Schulterblättern geflickte Jacke, runder wolliger Hinterkopf, — dann hatte er sich herumgedreht und war ein fremdes Kind.

Daß diese lange enge Straße nicht glatt zu Ende ging, war ihr anzufühlen, wußte man wenigstens, wozu man herunterging. Immer hielt man alles hin und wurde einem nie abverlangt. Wenn sie kommen, nicht zurückgehen, kleine Gruppen und nebenherum! Es ist schrecklich spät.

Ihm war es einerlei, ob es lang oder kurz dauerte. Sie werden sich sowieso ganz umsonst die Schädel einrennen. Ganz umsonst werden sie ihnen die Bäuche eintrampeln. Berittene Polizei wird das zittrige, helle Getrappel dort hinten am äußersten Ende der Straße sein, welche auf einmal gar nicht so hoffnungslos lang ist, aber sein Gesicht leuchtete beinahe vor Geringschätzung. Der Mann weiß keinen Grund, warum es ihm nicht einerlei sein soll. Er drehte sein Gesicht nach dem Kleinen hin, der sagte auch: „Einerlei".

Gerade hatte er es gesagt, da flogen alle, als sei der Zug zu einer Staubwolke geworden, rechts und links gegen die Mauern. Kleine Wolken von Menschen pufften in die Seitengassen. Bis auf drei oder vier, die ächzend auf den Knien nachrutschten und dann platt liegenblieben oder sich fluchend von einer Seite auf die andere wälzten. Sie rannten um einen Block herum, um eins, zwei Ecken. Sie waren auf einmal unter sich, andere kamen erst nachgerannt, die Enden des rotfranzigen Tuches wehten. Rasch rannten die Jungen, was gab es denn groß einzuholen, wie war Stephan gerannt, morgens und abends. Er rannte schnaufend hinter seinem leichtfüßigen Jungen her. Aus den Fenstern schrien sie: „Hier rum, da vorn sind welche."

Die ganze Nacht hatte er im Abteil wach und aufrecht zwischen Schlafenden gesessen und seine Schläfe am Holz gerieben. Seine Frau hatte spottend den Koffer gepackt, aber sie hatte ihn packen müssen. Im letzten Augenblick war es ihm so schwer ums Herz gewesen, und er wäre gerne geblieben. Aber er tat, was er wollte. Er ließ sich nichts vormachen, wer ihn dauerte, der dauerte ihn, wohin er wollte, da ging er hin. Im Stehen war die Angst am größten, geringer im Gehen, gar nichts im Rennen.

Die Frau stolperte, fiel auf die Knie, verbiß ihren Schmerz und rannte. Sie waren rund um den Block herum wieder in der alten Straße. Im Scheinwerfer ihres eigenen kalten und klaren Lichtes, zeigten sich in allen Stockwerken der Magazine, bis unter die Dachkammern, aufgerissene Mäuler und Augen. Die starrten und fielen ab ins Dunkel der Werkstätten. Aus allen Seitengassen kamen sie wieder mit Fahnen und Transparenten. „Dichter! Reihen halten!" Eins hatte das andre wieder, Frau, mürrischer Mann, Kleiner, alle feucht und schnaufend. Sie stellten sich schnell wieder ein, der Fremde drückte sich durch ein paar Reihen, der Kleine sah über die Schulter zurück und winkte ihm mit einem Daumen, winkte, das war schon beinahe nicht mehr alleinsein, fast so gut wie ansprechen. Der Fremde wäre gern neben ihm weitergelaufen, kriegte aber seinen alten Platz neben der Frau. Die war so müde, ihr Leib war so schwach, daß es gar nicht zu verstehen war, wieso er noch eine Frau trug. Sie konnte es nicht zurückhalten, es schnurrte in ihr los und zählte wieder. Sie stellte es wütend ab und knurrte. Der Fremde sah sie schnell an, in ihrem grauen Gesicht war die Müdigkeit in schwarzen Flecken geronnen. Sie liefen weiter, endlose, unsichere Straße, auf der man auf einem Seil lief, mit weichen Knien, zwischen zwei festen Punkten. Der Fremde wußte nicht, ob das noch altes Getrappel in seinem wunden Kopf war oder neues. Beides zugleich; die Abgerittenen machten kehrt und von unten ritten Neue an. Sie stürzten in die nächste Seitenstraße, aber der Schwanz des Zuges wurde noch eingeklemmt. Aus den Fenstern riefen sie: „Da kommt ihr nie bei, die sperren den ganzen Platz!“ Alles war dem Kleinen zu wenig, glänzen wollte er, konnte nicht mal ein paar Menschen durch abgesperrte Gassen zwingen, kam nicht mal selbst durch, weil er nicht zusprang, weil er sich schonte. Er drehte sich rum, betrachtete mit zugekniffenen Augen, was er am Morgen gelassen hatte, Feigenkarren, ein halbes Dutzend Feigenkäufer, deren Blicke alle Mariens hohe und dünne Schenkel herauf und herunter rutschten, sah es genau an, litt, stieß es weg, stieß es nicht nur, verachtete es schon.

Sie wanden sich um einen Häuserblock herum, um noch einen. Jetzt fühlten alle, wie spät es war, selbst die Trägsten. Die Frau lief und lief mit niedergeschlagenen Augen, betrachtete laufend mit ungeteilter Aufmerksamkeit etwas auf der Innenseite ihrer Lider. Die warteten auf sie, hatte sie aus sich herausgepreßt, herumgetragen, im Stich gelassen, schöne starke Jungens. Sie schlug mit kurzen harten Händen verzweifelt den Rücken ihres Vordermannes. Der Zug füllte mit seinen Windungen schnell viele Krümmungen der kleinen Gassen. Es war, als ob die Gassen selbst weiterliefen, sich wanden und krümmten. Dann hielt es vorn an, so plötzlich, daß alle zurückflogen. Vollkommene Stille füllte die Gassen bis in die offenen Fenster und Torfahrten. Kommandorufe der Polizei, sehr weit entfernt, irgendwo an der Spitze des gewundenen Zuges, unterbrachen die Stille so wenig wie Uhrschläge die Stille eines feierlichen Raumes. Zwei winzige Schüsse verspritzten weit hinter den Häusern. Der Fremde faßte den Ärmel der Frau, aber die zog ihren Arm zurück und sah ihn streng an. Da schrie er so laut auf: „weiter,“ daß ein paar Reihen weit weg alle zustießen. Die Frau trommelte mit ihren Fäusten auf den Rücken des Vordermannes. Der Stoß mußte sich bis in die Spitze des Zuges fortgepflanzt haben, denn vorn gab es Luft, es ging weiter. Bei jeder Windung der kleinen Gasse konnte die offene Stelle kommen, aus der die Schüsse gefallen waren. Sein Herz verlangte danach, in die offene Stelle hineinzuspringen, er hatte aber Ketten von Angst um Hände und Füße. Der Fremde riß und schrie. Vor die Krümmung legte sich ein großes schiefes Haus, mit offener Torfahrt, in der sich Menschen zusammendrängten. Aus einem der Fenster blickte ein Mädchen in schwermütiger Trägheit auf die abziehenden Männer. Rot war ihr Mund und außerordentlich golden ihr Haar. Seine Knie waren weich vor Angst, aber etwas in ihm sprang doch in die Torfahrt, suchte und fand die

Treppe, die Glastür und das Zimmer, riß das Mädchen herum, nutzlose und quälende Werbungen überspringend, in verrückte endlich mögliche Umarmungen.

Ganz unerwartet, dicht hinter dem großen Haus, lief die alte enge Straße. Sie passierten sie zum dritten Mal. Posten gab es keine, die liefen in der Richtung eines Pfiffes gegen die letzten grauen, von blassen Sonnenpflastern beklebten Häuser. Der Fremde war fast enttäuscht.

Sie rückten in die Querstraße. Die Transparente, die in breiten faulen U heruntergeschlappt waren, strafften sich alle, einer hielt mit senkrechtem Arm den Stumpen einer abgeknickten Stange. Die Hinteren starrten gegen die Rücken der Vorderen, mit glänzenden Blicken stießen sie gegen die vier Windjacken, die sie vielleicht noch vom Platz abtrennten.

Mit gerunzelter Stirn horchte der Kleine nach ein paar schwachen Schüssen vier, fünf Längsstraßen weiter. Sie wurden deutlicher, je schärfer er hinhorchte. Er unterschied sogar noch schwächere an einem anderen Punkt. Er sagte: „Horch mal, immer rund um den Platz.“ Der Mann sagte: „Die sperren ganz umsonst rundherum.“ Der Kleine sagte: „Ja, ganz umsonst.“ Die Frau horchte jetzt auch auf. Weil sie sonst nichts hatte, um sich festzuhalten, faßte sie in die Falten ihres Rockes. Alte Gedanken rieben sich innen an ihrer Stirn, um nochmals ausgedacht zu werden; aber so kam sie nie auf den Platz, so voll und schwer. Wegstoßen mußte sie endlich diese Kinder und verlassen. Durchbeißen alle Nabelschnüre.

„Schneller! Dichter!“ Die nahen Schüsse hielten an, schwache und schwächere dauerten auch fort, ein Kranz von Schüssen rund um den Platz. Alle mußten durch, der Fremde begriff jetzt, daß auch er durch mußte. Es war kahl in ihm, wie leergescheuert. Er sah seine Reihe herunter, alle waren übermäßig deutlich nachgezeichnet auf kahlem leeren Grund. Alle starrten geradeaus, scherten sich nicht um ihn, fanden nichts Sonderbares daran, daß auch er durch mußte.

Die Vorderen sahen schon keine Mauern mehr, sondern ein Gebüsch. Ein schöner Park endete in einem frischen, von Hecken eingesäumten Rasen, auf dem sich in der dazugehörigen Sonne ein Wassersprenger drehte. Rascher! Dichter! Sie schwenkten um den Rasen herum. Dann wurde es vorn langsam, als sei die Luft hinter dem Park eine zähe Masse, in die sich der Zug einschraubte. Sie liefen nicht mehr, eine Reihe drückte schweigend die andere. In der Luft waren Schüsse und der Geruch von feuchtem, sonnendurchwärmtem Gras. Der Fremde wollte sehen, was kam, nicht immer nur Abfall von Stadt zwischen Schultern und Köpfen. Mit wilden Schlägen widersetzte sich sein Herz der feierlichen Stille.

Zurück — weiter — zurück. Die Vorderen drängten rückwärts, und die Hinteren wollten sie zwingen und stemmten dagegen. Der Zug riß durch und strömte in zwei Teilen gegen Park und Querstraße. Sie hatten jetzt keine Windjacken mehr vor sich, sondern alles. Die kleine Straße, die vom Park nach dem Platz führte, war von Polizisten aufgefüllt. Zwischen der Polizeistraße und den beiden Teilen des Zuges gab es ein großes weißes Dreieck. Einige Sekunden lang hielt das Dreieck die Menschen zurück, wie eine magische Fläche, deren bloßer Anblick die Gedanken erstarrt und die Muskeln erfriert. Von den Hinteren fiel es zuerst ab, es zuckte von hinten nach vorn; der Mann regte sich, er war alt, lange genug am Westbahnhof, er kannte sich aus. Mögen sie ihm keine Rente geben, keinen vom Verband schicken. Er setzte den Fuß darauf. Da riß die Sprungfeder, die die Reihen im Zug und die Menschen in den Reihen gehalten hatte; die einzelnen schnellten ab, Schwere und Leichte, die Stille war aufgeplatzt und alle Wildheit, die in ihr dringewesen war, zerknallte in Schüssen. Der Fremde flog unter dem Arm des Mannes durch, drehte sich und blieb liegen. Als wäre er hier geboren, schlug die Stadt über ihm zusammen, Beine und Röcke, Himmel und Häuser. Der Zug war in einem Ruck tief in die weiße Straße geschnellt.

Der Kleine war abgedrängt, schlug um sich und kriegte ein paar vor die Brust und ins Genick. Arme und Beine von Polizisten wickelten sich um seinen Rumpf, der Knäuel schlingerte und kugelte in den großen Platz. Verstärkte Polizei drückte alle in die weiße Straße zurück, knickte die Parkgitter, den Rasen, drückte sie in die engen grauen Gassen hinter dem Park, immer platter, fester, bis ihre Wildheit erstickt war. Mit zusammengepreßten Fäusten, zugebissenen Zähnen machte jeder auf seinem Fleck kleine harte Schritte vorwärts, aber alle zusammen wurden doch weitergedrängt, fest in die engen Gassen, wie man Säcke vollquetscht. Der Mann suchte wütend in sich herum, bekam nur Brocken von Mürrischkeit, umsonst gelaufen, Stefan, verheulte Frau, abgestandener Abendfraß. Er sah sich um und suchte nach etwas, was er verloren hatte. Die Frau war es nicht, da war sie, den Fremden auch nicht, der war fertig. Er suchte rundum den Kleinen, fand ihn nicht und konnte ihn auch nicht finden; denn der ging indessen zwischen zwei Polizisten die kleinen gekrümmten Gassen zurück, die er gekommen war. Er hob sein rundes, braunes Gesicht gegen die Fenster und prägte sein Lächeln für immer den Knaben ein, die ihn neugierig und eifersüchtig betrachteten.

Auf einmal sahen welche durch die Querstraße in der nächsten Längsstraße einen neuen Zug ankommen. Sie vergaßen alles und brachen seitwärts durch. Der neue Zug saugte den alten auf, Menschen und Fahnen. Die vorderen dieses Zuges mußten schon den weißen Platz sehen, denn sie fingen zu rufen an, während die hinteren noch sangen. Der Mann schwankte, was er mit seiner Stimme tun sollte, fing zu singen an, brach plötzlich von Zorn geschüttelt ab und rief. Die Frau verstand auf einmal, daß sie noch hinkommen konnte. Sie vergaß den Mann, an den sie sich bisher gehalten hatte, weil sie sich drüben am Westbahnhof mit ihm aufgestellt hatte, und zwängte sich nach vorn. Polizei stieß durch die Querstraße nach, einen Augenblick sah es aus, als ob der Zug gespalten würde. Es war still, weil aller Atem zum Stoßen gebraucht wurde. An der Spitze des Zuges fing es zu schießen an, der schwere doppelte Zug duckte sich und stieß vor. Über dem großen, sechseckigen Platz lag ein weißlichtrüber, von hellen Lichtadern durchzogener Mittagshimmel. Es war kurz nach zwei.

Aus den einmündenden Straßen brachen schnell nacheinander die anderen Züge aus den übrigen Stadtteilen in den Platz ein, alle zerrauft, zerschlagen und blutig. Der weiße Platz füllte sich mit rufenden Menschen, bis auf einen schmalen Streifen vor dem Posten am Gittertor der Botschaft. Sacco, Vanzetti! Aus einem Sumpf von Mürrischkeit schrie er um Hilfe. Große, harte Schreie wie Steine in einem zum Untergehen bestimmten Sack. Er sparte sie nicht länger, er zerschrie sie. Auf der linken Seite des Platzes fing die Polizei an, die ins Rufen vertieften Menschen nach rechts abzudrücken. Sie drückte stärker, die Ausgänge der rechtsseitigen Straßen fingen wieder an, sich zu füllen. Es war schon wie vorbei. Der Frau fiel der Heimweg ein, Fahrgeld, Montag vor Montag. Die Faust des Mannes entspannte sich in der Tasche und fing an zu krümeln; er fühlte ein Geldstück zwischen Daumen und Zeigefinger.

Aus einer der linken unbewachten Straßen kam gerade der letzte große Zug aus dem Südvorort an. Die Abgedrängten stürzten zurück, die Polizei wurde wieder auseinandergedrückt, der Platz füllte sich von neuem bis zum Rand. Die Frau wurde noch einmal herumgerissen, so fest wurde ihr Körper in den Platz hineingeknetet, daß sie ihn selbst nicht mehr herausfand; ihr Gesicht wurde gegen die vergoldeten Stäbe des Gittertores gepreßt. Aus dem Gesicht des Mannes fiel die Mürrischkeit wie Mörtel herunter. Es war unmöglich, daß es im ganzen Haus auch nur einen Winkel gab, in dem man sie nicht rufen hörte.

GRUBETSCH

WENN die Laterne am eisernen Arm über der Kellertür ein anderes Licht in sich getragen hätte als einen niedergebrannten Gasstrumpf, sie würde doch nur die Pfütze im gerissenen Holzpflaster beleuchtet haben, einen weggeworfenen Pantoffel und einen Haufen verfaulter Äpfel. Wie ein Grubenlicht in der Tiefe zeigte sie den Weg dem Regen, der dünn und unablässig in diesen Schacht herunterregnete. Nur irgendwo in halber Höhe regte sich etwas Weißflatterndes, Lebendiges. Das waren ein paar Wäschestücke, die die Besitzerin ins Küchenfenster gehängt hatte, wie sie vor dem Regen in die Stadt gegangen war.

Aber im Hof mußte es doch freier und lustiger sein als hinter den Fenstern, sonst wären doch nicht links im zweiten Stock die Läden zurückgeschlagen worden, und die Frau hätte nicht mit einem langen Ah den Kopf hinausgesteckt, und das Mädchen hätte sich nicht davon angelockt neben sie in die Ecke gedrückt. Diese Jüngere war von beinah wunderbarer Magerkeit. Nicht nur wie die Fünfzehnjährigen gewöhnlich mager sind — man hatte ihr überhaupt zu wenig Körper gegeben, nur ein ganz kärgliches, zerschlissenes Ding. Ihre Kiefern schlugen leise vor Frost zusammen, ihre Arme wie kahle Zweige überzogen sich mit Gänsehaut. Unwillkürlich neigte sie den Kopf gegen die Schulter ihrer Gefährtin, aber ihre Lider senkten sich in Widerwillen vor einer so glücklichen, warmen, gesunden Schulter. Die Frau hob etwas den Arm, aber sie legte ihn nicht um das Mädchen, sondern um ihre Brüste, wiegte sie wie zwei schöne Kinder und streichelte sie mit den Enden ihrer schwarzen Zöpfe. Dann ließ sie sie auf dem Fensterbrett liegen und schaute mit glänzenden Augen in den Hof, der unmöglich so leer und dunkel sein konnte, wie es den Anschein hatte; wirklich entdeckte sie im Pflaster ein paar Lichtpünktchen, die kamen von Munks Schenke drunten im Keller.

Der Regen ließ nach. Es gab ein fades, gelbliches Licht, als ob dort oben auch ein schlechter Gasstrumpf brannte. Auf einmal wurde die Kellertür zugeschlagen, ein Mann tappte herauf, drehte sich um sich selbst und rannte quer über den Hof in die gegenüberliegende Haustür. Von drinnen hörte man noch einen schrillen Ton, einen Ruf oder einen Pfiff.

„Der Grubetsch ist wieder da“, sagte Marie, die Frau, „jetzt wird es wieder ein Unglück geben.“ Sie lächelte und fing von neuem an ihre Brust zu wiegen. Die Kleine war zusammengefahren, ihre Kiefern zuckten noch. Aus einer Rinne ganz nahe tropfte es auf ein Blechdach leise und unregelmäßig, als ob jemand eine Handvoll Geldstücke ausschüttelte.

Plötzlich wurde es hell im Zimmer. „Guten Abend, Marie, guten Abend, Anna.“ Ein Mann stand da, triefend vor Nässe. Er legte die linke Hand seiner kleinen Schwester aufs Haar, mit der anderen faßte er die Frau unter die Brust und küßte ihr Hals, Schulter und Gesicht. Dann schlüpfte auch die linke Hand, die auf Annas Scheitel liegen geblieben war, wie ein Hund, den sein Herr vergessen hat, dahin, wo die rechte war. Anna senkte den Kopf. Die beiden traten ins Zimmer zurück und fingen an, nebeneinanderstehend, sich auszukleiden.

Anna legte sich auf die Bank. Es roch nach nassen Kleidern. Das Licht ging aus. Aus dem großen Bett in der Ecke kam ein Rascheln, ein Auflachen unter der Decke. Anna erhob sich wieder, ging ans Fenster und lehnte sich weit hinaus. Es regnete fast gar nicht mehr, in der Pfütze unter der Laterne machten die Regenspritzer kleine Kringel. Am Rand der Pfütze lag der große aufgeweichte Pantoffel.

‚Was ist das, ein Unglück?‘, dachte Anna. ‚Ist es wie der Hof dort unten und wie das Zimmer dort hinten? Oder gibt es auch noch andere Unglücke, rote glühende leuchtende Unglücke? Ach, wenn ich so eins haben könnte!‘

Am frühen Morgen hatte Marie zu Anna gesagt: „Was stierst du denn immer gegen die Wand? Spring' mal, hol' den Korb zurück, den wir verliehen haben, hörst du!“

Anna stand in der Haustür und sah in den Hof, durch den sie jetzt gehen mußte. Um diese Zeit war er noch still, aber Anna kam er vor wie eine Schlucht, in deren Winkel wilde Tiere versteckt sind. Etwas Warmes rieb sich an ihrem nackten Bein. Sie schaute froh herunter. Es war zwar ein Kätzchen, aber im Rücken, im grauen Fell hatte es zwei Löcher wie ein Filz, in dem die Motten waren. Anna ekelte sich. Sie wagte nicht das Kätzchen wegzustoßen, sie blieb stehen, schlug die Hände vors Gesicht. Das Kätzchen leckte eine Weile an ihrem Bein, dann sprang es auf den Abfalleimer. Anna trat in den Hof.

Wenn man unter wilde Tiere geht, so hat es keinen Sinn, sich in den Hüften zu wiegen und vor sich hinzuträllern. Man muß alles tun, um nicht entdeckt zu werden. Anna drückte sich die Wand entlang. Sie ging ganz leise, schlurfte nur ein wenig in ihren Strohschuhen, die zu weit um die Knöchel waren. Zuerst ging alles gut. Aber wie sie an Munks Keller war, da kam gerade ein später Betrunkener die Treppe hinauf, erblickte von unten ihre bloßen Beine und machte eine dumme sehnsüchtige Bewegung danach mit seinen langen betrunkenen Armen. Er fiel auf die obersten Stufen und Anna stolperte über seinen Kopf. Ein paar Burschen, die an der nächsten Tür zusammenstanden, fingen an zu lachen. Anna erschrak. Sie drückte die Arme an den Leib. Aber plötzlich stellte einer, ein Dicker,

Brauner seinen Stiefel auf Annas Strohschuh, daß er hängen blieb. Der Dicke hob ihn auf und hielt ihn Anna hin. Anna ging einen Schritt auf ihn zu. Der Dicke hielt den Schuh höher. Aber Anna kam nicht noch näher, um ihren Schuh zu holen, wie er gedacht hatte. Sie lächelte ein bißchen und humpelte weiter, mit einem nackten Fuß, die Zehen eingezogen, um sie zu verstecken. Der Dicke hob den Strohschuh und warf ihn in einem weiten Bogen nach der Katze am Abfalleimer.

Droben war Marie zum Schwatzen in den Flur gegangen und auf eine Nachbarin, Sebalds Frau, gestoßen.

„Grubetsch —“ sagte Sebalds Frau, „er hat mit uns am Tisch gesessen, mit uns gegessen, mit dem Kind gespielt. Zuerst Sonntags, dann jeden Tag zweimal. Ordentlich eingenistet bei uns. Nicht daß er sich eingedrängt und Zucker geredet hätte. Oh, das hatte er gar nicht nötig. Mein Mann schleifte ihn ja herein. Mein Mann, komisch, das war so einer mit großen Plänen, so ein Austüfteler; hatte er was im Kopf, so erzählte er drunten im Hof davon und nachts im Bett, und seit wir beisammen waren, hat er immer so einen Plan gehabt, ein Stückchen Land vor der Stadt und später mal raus, und im Hof erzählte er: ‚Ich krieg mal ein Haus vor der Stadt.‘ — Da kommt er eines Tages heim und sagt: ‚Ich hab' da einen Mann getroffen, Grubetsch, der sagt, ich würde so ein Anteil an Land verkaufen und auf den Fluß gehn.‘ Ja, da hat er's verkauft, ob Ihr's glaubt oder nicht. Jetzt sagte er nie mehr: ‚Ich will ein Haus vor der Stadt‘, sondern immer: ‚Wenn ich doch nur mal mit Grubetsch auf den Fluß könnte!‘

Der Grubetsch fährt nämlich im Sommer auf den Floßen zur Grenze. Wie der Winter zu Ende ging, da zitterte er ordentlich: ‚Ach, wenn er ohne mich fährt!‘ Nun, da fuhren sie zusammen. Und wie sie wiederkamen, meinen Augen traute ich nicht. — Grubetsch, der kam, wie er abgefahren war, nichts Besonderes, klein und sauber, — aber Sebald, verwildert und verludert, verlumpt und verlottert kam er, und bald zeigte es sich, was er mitgebracht hatte. Er heulte und fluchte, er zerbrach meine Knochen und Tisch- und Stuhlbeine, aber das nutzte nichts. ‚Es war nur ein einziges Mal‘, jammerte er, ‚wie wir drunten an der Grenze vor der Stadt lagen, da war so eine kleine Rote, die hupste nachts auf den Floßen herum, aber der Grubetsch war auch mit ihr, ihm hat es nichts gemacht, dieser Teufel.‘ Aber oft weinte er und fragte mich: ‚Steht der Grubetsch unten im Hof?‘ Sagt’ ich ‚ja, da steht er,‘ nickte er vor sich hin und lachte und sagte: ‚Nicht jeder hat so ein Glück, den Sommer über mit Grubetsch auf einem Floß zu sein.‘ — Aber jetzt muß ich rein.“

Der Hof war wieder still. Irgendwo wurde ein Bett ausgeklopft. Ein kleiner gescheitelter Junge trottete zur Schule, der erste von allen. Dann kamen zwei Arbeiter, dann ein paar junge Dinger, trällernd, in bunten Blusen. Dann kam gähnend eine Frau mit einem Korb Wäsche, dann kam ein Rudel Kinder, dann kamen noch mehr Arbeiter, dann kam das letzte Schulkind, ein Junge mit einem Apfel. Der Tag war da, heiß und langweilig.

Die Burschen, vier, fünf, blieben vor der Haustür auf dem Pflaster liegen und warteten auf ein Ereignis. Sie hatten keine Arbeit.

Aber die Sonne rieselte ihnen in die Kehlen, malte Hemden auf ihre Brust, Schuhe um ihre Zehen und stopfte die Löcher ihrer Jacken. Paul braunlackiert, mit offenen glänzenden Zähnen, stand auf gespreizten Beinen, erstarrt in Langweile. Toni zupfte seinen Schnurrbart, summte immer denselben Anfang eines Liedchens, blankgeputzt waren seine durchlöcherten Schuhe, beschnitten seine Nägel. Auf dem Fensterbrett saßen schlafend die roten Zwillinge. Unter ihnen auf dem Bauch räkelte sich ein langer blonder Junge, der aus irgendeinem Grund von allen verhätschelt wurde. Die schmierige Sonnenflut, die das Pflaster überschwemmte, hatte fast ihre Füße erreicht. Es war so still, daß man das Fett, dessen scharfer Geruch gerade den Hof durchzog, in irgendeiner Pfanne brotzeln hörte. „Da kommt der Schlenker", sagte plötzlich einer von den Roten. Alle drehten die Köpfe herum. Ein Mann trat aus dem Hausausgang in die Sonne. Er war bloß ein gewöhnliches Männchen mit weißen Manschetten und einem kleinen grauen Spitzbart. Drüben, jenseits des Flusses, wo die Häuser weit auseinander standen, gab es ihrer zu Hunderten und zu Dutzenden. Glatt und lautlos, wie ein Gespenst sich durch die zerrupfte tönende Welt schlängelt, so kam er über das gesprungene, von dünnen Abflußbächen durchzogene Pflaster. Er lächelte vor sich hin, als ob er sich schämen würde, daß sein Gesicht keine Narbe, sein Ärmel keinen Riß hatte. Drüben in der Stadt bekam er manchmal Heimweh, mußte hierher fahren. Häuser hatte er genug. Hier kam er immer selbst her. Die Miete, die er sich holte, die gab er schon auf dem Rückweg aus. Vielleicht hatte er nur Heimweh nach diesem Ding in der Kehle, das es da drüben nicht gab, dieses sonderbare Ding, das das alte schläfrige Herz klopfen, den langweiligen Tag zucken machte, der Angst war es ähnlich, wenn Angst wohltun könnte. Der Schlenker lächelte vor sich hin. Er hing eine Hand in den Bart und spreizte den Daumen ab, einen gelben, zerrupften, gekrümmten Daumen, als ob er sagen wollte: Viel habe ich nicht zu bringen, aber seht, doch etwas.

Er ging schnell vorwärts über den Hof. Er trat zwischen den Burschen durch in die Haustür, den Blonden stieß er leicht mit dem

Ellenbogen. Der Blonde schnellte die Brauen hoch und leckte sich die Lippen. Alle drehten die Köpfe nach der Tür. Eine Minute später kam der Schlenker zurück, er hatte sich in der Treppe geirrt, er streifte Paul und den Blonden, lief wieder in den Hof. Aus der anderen Richtung kam gerade ein Mann, ein blasser, unansehnlicher, ganz ordentlich gekleidet. Der Schlenker stutzte, es schien ihm, als ob er diesen Menschen schon einmal getroffen hätte, in einem peinlichen Augenblick. Er drehte sich herum, der andere drehte sich auch herum, und lächelte, vielleicht weil er sich erinnerte, vielleicht weil sich der andere ebenfalls herumdrehte. Der Schlenker ging weiter, ganz blind vor Nachdenken. Er trat ins Haus, da fiel ihm plötzlich ein, mit wem er diesen Fremden verwechselt hatte.

Es war ihm ganz leicht ums Herz.

Der Mann war inzwischen zu den Burschen getreten. „Guten Morgen, Grubetsch", sagte der kleine Schwarze. Grubetsch nickte. Er schaute zerstreut auf den Boden, die kleine Katze war lautlos gekommen, um mit seinem Schuh zu spielen. Er bemerkte ihr durchlöchertes Fell, kleine Punkte der Freude blinkten einen Augenblick in seinen Augen, seinem mürrischen Gesicht. Er schaute von ihr weg, unwillkürlich zog der kleine Toni — zwischen zwei Fingern hatte er das Ohrläppchen des Blonden — seine Hand zurück und steckte sie in die Tasche. Grubetschs Blick schaute durch die Tasche und Tonis Finger juckten darin.

Aber Grubetsch dachte gar nicht an Tonis Hand. Heiß und staubig war der Mittag, sogar die Sonne roch nach ranzigem Fett, wie langweilig ist dieser Toni mit seinem Schnurrbart, langweilig Paul mit seinen Zähnen, — wer war denn der, dem ich eben begegnet bin, nochmal werde ich ihm begegnen, einen komischen Daumen hat er gehabt. —

„Wo hast du den ganzen Sommer gesteckt, Grubetsch?“ fragte Paul.

„Nirgendswo, herumgetrieben, auf dem Fluß, aber jetzt kommt der Winter und da braucht man etwas Warmes.“

„Zieh doch zu mir, Grubetsch“, sagte Paul. „Weißt du, wie damals.“

„Du kannst auch zu uns kommen, ja komm, Grubetsch“, sagte Toni schnell.

„Ist mir gleich, wo ich unterkomme: solange es noch warm ist, kann ich da bleiben, wo ich im Frühjahr war, bei Munk in der hohlen Treppe."

Oben im Küchenfenster stand Marie und begoß den Goldlack, den Martin soeben heimgetragen hatte. Kurze rasche Blicke warfen ihre in geheimer Lustigkeit glänzenden Augen über die Blumentöpfe in den Hof. „Du solltest dich mit diesem Grubetsch halten", sagte sie über die Schulter weg zu ihrem Mann. „Alle halten sich mit ihm."

Am Nachmittag hatte sich Anna mit ihren Kartoffeln und ihrem Messer ans Fenster gesetzt. Marie war fort, Martin auf Arbeit. Die Sonne machte ein Netz aus gelben Ringelchen, als ob sie die Stube mit ihren Möbelstücken und Anna darin zusammenlesen und heraufziehen wollte. Anna schälte und summte mit ihrem dünnen rauhen Stimmchen. Bald ließ sie das Messer in die Schüssel fallen und zog mit den Fingerspitzen eine Schale auseinander. Sie dachte an alles und gar nichts. Ein Baum hatte daheim vor der Tür gestanden, hier gab es keine Bäume. Schön und blitzend wie eine Königin hatte Marie auf der Hochzeit gesessen. Marie lachte, wenn sie lachen mußte, weinte, wenn sie weinen mußte, ihre Zöpfe schwenkten durchs Zimmer, sie hätte einen Saal mit ihrer Herrlichkeit füllen können. ‚Ich möchte auch so Zöpfe wie Stricke haben, ich möchte nicht immer so die Arme an den Leib drücken, ich möchte, ich möchte.‘

Anna schälte weiter. Es wurde heiß, die Sonne zog ihr Netz enger. Es klopfte, gleich kam jemand herein. Ein kleiner Mann mit einem Spitzbart. „Ich komme wegen der Miete“, sagte er, „ist der Vater da?“ — „Hier ist kein Vater“, sagte Anna leise, „und mein Bruder ist fort.“ Er legte die Hand wieder auf die Türklinke und warf einen flüchtigen Blick durch das Zimmer, das das beste und reinlichste war, das er am Morgen gesehen hatte. Mit der anderen Hand griff er sich in den Bart und rieb ihn zwischen Zeigefinger und Daumen, ein gelber nach außen gewölbter Daumen. Anna starrte den Daumen an, der Schlenker schaute an seinem Bart herunter, was es da wohl gäbe. Anna fuhr fort nach seinem Kinn zu starren. Jetzt ließ er die Klinke los und kam einen Schritt auf sie zu. Anna sprang hoch, daß die Kartoffeln über den Boden rollten. Sitzend war sie ein Kind mit einem hängenden Zopf, stehend ein Mädchen auf hohen bloßen Beinen, eine kleine Brust unter dem Kittel. Schlenker sah sie verwundert an, Anna streckte die Hand gegen ihn, ganz außer sich vor Angst. Schlenker kam näher. „Aber was gibt es denn?“ sagte er, legte ihr die Hand auf den Kopf. Warm war das Haar, freilich. „Was gibt es denn?“ wiederholte er, strich ihr mit der Hand über den Arm, der war so dünn, er mußte nochmal streichen. Anna wachte auf, machte einen schnellen Satz nach der Wand, der Schlenker kam ihr nach, Anna lief ans Fenster, zog sich herauf, da drunten im Hof stand ihr Bruder, schwatzte, sie schrie: „Martin, Martin!“ Der Schlenker lachte auf, schüttelte den Kopf.

Nachher sagte Martin zu Anna: „Was hast du denn für ein Geschrei gemacht? Wir haben ja Arbeit, können zahlen, wir brauchen nichts zu fürchten, bei uns ist es nicht wie bei den andern.“

Eines Abends kehrte Martin von der Arbeit zum Essen heim, schon in der Torfahrt hörte er das Geräusch einer Säge.

Vor einem Jahr, nach dem Tod seiner Eltern war Martin, der sein Handwerk auf dem Lande gelernt hatte, in die Stadt gegangen, um sein Glück zu suchen. Ohne sich darüber zu wundern, fand er, was er suchte. Er hatte sich immerhin zu plagen, wie alle hier, wenn auch Marie niemals einem Puff hatte ausweichen müssen und noch niemals eins von den festen Hemden hatte flicken müssen, die er aus dem Dorf mitgebracht hatte. Martin gehörte zu jenen, denen es einerlei ist, ob die langen Wege, die sie herunterstampfen müssen, mit Pappeln besetzt sind oder mit Gaslaternen. Ein bißchen wunderlich war ja das Haus, in dem sie gelandet waren, aber Marie gefiel es, schien sich wohl zu fühlen. Marie — seine Kameraden meinten, er mache schon gar zu viel Wesens aus ihr, wenn auch ihre Augen ein wenig glänzender, ihre Zöpfe ein wenig dicker waren als Augen und Zöpfe gewöhnlich sind. Er hatte sie gleich an seinem ersten Stadtsonntag beim Tanze kennengelernt und schnell geheiratet. Seitdem war auf sein junges Bauerngesicht ein Schatten gekommen, keine Traurigkeit, nur der Schatten, den die Freude wirft. Von der Freude kam es auch, wenn ihn manchmal morgens an der Drehbank ein leichter Schwindel erfaßte. Übrigens hatte er über Marie keineswegs seine kleine Schwester Anna vergessen. Sie diente bei fremden Leuten im Dorf, sie dauerte ihn, er holte sie ab.

Wie er jetzt in die Gasse einbog, riefen die Mädchen, die schon geputzt und frierend im Eckhaus aus dem Fenster hingen, ihm etwas zu. Aber Martin merkte gar nicht, daß das ihm galt. In der Torfahrt hörte er die Säge; am Ende des Hofes arbeitete ein Mann, kehrte ihm den Rücken. Martin blieb stehen und sah mit zu, weniger aus Neugierde als aus Müdigkeit. Feierabend war, zu lang war die Woche gewesen, gut war ein Anlaß, stehen zu bleiben. Gleichmäßig und eintönig sägte die Säge im halbdunklen Hof. Über Munks Keller ging die Laterne an. ‚Das ist der Grubetsch', dachte Martin, ‚wenn er sich herumdreht, spreche ich ihn an, ach, würde er sich doch nicht herumdrehen.' Grubetsch brach ab, lehnte die Säge an, schnaufte und drehte sich herum. Martin kam auf ihn zu, sagte guten Abend, Grubetsch schaute von unten nach oben, zwei Köpfe höher war Martin. Sie redeten hin und her über das Holz, ach Gott, wie müd' war Martin. ‚Ich möchte gern mal seine Hand antippen', dachte Martin, ‚ach, was ein Unsinn'. Sie redeten hin und her, über den Herbst, über die Holzpreise, über den Lohn. ‚Mal seine Hand angreifen, so ein Unsinn,' dachte Martin. War denn irgend was geschehen? Wann war ihm schon mal so beklommen gewesen? Kurz vor der Hochzeit, als Marie lächelnd vor ihm gesessen hatte, immer schneller die Enden ihrer Zöpfe umeinanderdrehend. Auch damals hatte es eine Laterne im Hof gegeben. ‚Dieser Grubetsch hat keine Frau', dachte Martin, ‚keine Familie, das ist also so einer, ohne Grund und Boden, ohne Dach und Fach.' Mitleid erwachte in ihm.

‚Der gefällt mir', dachte Grubetsch, ‚das ist ein Bauernjunge. Er erinnert ein bißchen an Sebald. Ja, der gefällt mir, das ist der Rechte für mich'. „Ihr habt wohl keine Familie?" fragte Martin. „Nein, aber Ihr?" „Ja, freilich." — Sie schwiegen. Jetzt waren schon Lichter in allen Fenstern. Plötzlich sagte Martin: „Schaut mal, was ich da habe!" und zog die Strohhülse von der Flasche. „Kommt herauf und trinkt mit." Er faßte

Grubetschs Hand, so war es endlich gelungen. Wieder blinkten kleine Punkte der Freude in Grubetschs Augen. Ja — er käme gerne. „Also los“, sagte Martin. Er ging voran. Seine Müdigkeit war verflogen.

Sie traten ein. Marie erhob sich, zog ein wenig die Brauen hoch. Ihr brauchte man keine Gäste anzukündigen. Da lag schon das weiße Tuch auf dem Tisch, oder doch so schnell ausgebreitet, als ob es immer dagelegen hätte, der Braten roch, gar nicht nach Fett, sondern nach Sonntag, gastlich lächelten Mariens Augen, ihre Lippen. Hätte man aber auch einen besseren Gast finden können, so einen ausgehungerten Ohne-Heim-und-Herd-Gast? Bei ihm konnte man sicher sein, daß in seine leeren Augen alles hereinging, die geblumte Tapete, der Spiegel, der neue Lampenschirm. ‚Das ist so 'ne Stube‘, dachte der Grubetsch, ‚so 'ne Familie; eine Frau und 'nen Mann, und dann gibts noch ein Kind da hinten unter dem Federbett, ein Zöpfchen auf den Kissen.‘ Jetzt stand Martin auf. Er schlupfte am Herd vorbei, versuchte so viel von Marie mitzunehmen, als im Augenblick ging, von ihren Hüften, ihrer freien Hand. Er zog die Vorhänge zu, ja Grubetsch sah ihm nach, und sah auch die Vorhänge, ebenso geblumt wie die Tapete. Martin kam zurück, stellte die Lampe vom Schrank auf den Tisch. Er zündete an, Marie holte den Topf und setzte sich. Die Lampe legte ihren Arm rund um alle drei. ‚Niemand kann wissen', dachte Grubetsch, ‚wie es hier in ein paar Monaten aussieht.'

Marie schöpfte die Suppe aus, dünne Kettchen klingelten dabei um ihre Handgelenke. „Gesegnete Mahlzeit", sagte Martin. Sie fingen an, schweigend zu essen.

‚Dieser Martin gefällt mir', dachte Grubetsch, ‚er gefällt mir viel besser, als mir Sebald gefallen hat, nein, er ist gar nicht mit ihm zu vergleichen. Er dauert mich auch viel mehr, als mich Sebald gedauert hat.' Mariens Augen glänzten, kleine Funken hüpften über die Männer. Aber Grubetsch rückte ein Stückchen von Marie ab, mehr zu Martin hin. Ihre Teller waren jetzt so nah, daß ihre Handrücken sich manchmal beim Essen streiften.

Plötzlich hatte Martin wieder Mitleid mit Grubetsch. Es kam ihm vor, er müßte ihn über irgend etwas trösten; aber das verstand er nicht. ‚Niemand dauert mich so sehr wie Martin', dachte Grubetsch. Martin sprang auf. „Jetzt wollen wir trinken", sagte er lächelnd, „ich trinke nur auf Sonntags, Werktags trinke ich nie." Grubetsch sah Martin von unten nach oben an, nahm das Glas mit zwei Händen, ja mit so einem teilte man gern. Marie machte ihr leises Aaaah, jetzt schaute auch Grubetsch mal zu ihr hin. Sie tranken leer und tranken dann nochmal. Wie ein Gefäß, das langsam gefüllt wird, so stieg die Röte aus Mariens weißem Hals in ihr Gesicht. Sie schlug die Ärmel über die Ellenbogen zurück und verteilte das Fleisch.

Martin wurde wieder beklommen. ‚Schmeckt es ihm nicht', dachte er, ‚gefällt es ihm nicht? Warum sagt er nichts?'

Da sagte der Grubetsch: „Wie lange seid Ihr in der Stadt?"

„Über ein Jahr; und Ihr?"

„Ich? Immer."

„Ihr fahrt auf den Flößen?"

„Ja, ab und zu."

„Ist das schwer?"

„Man muß den Fluß verstehen."

„Verdient man?“

„Mal so, mal so. An der Grenze ist Schluß, da ist eine große Stadt, da gibt man alles aus.“

„Ist sie so groß wie die hier?“

„Noch größer.“

„Und dann?“

„Dann sucht man was Neues oder fährt wieder heim.“ Martin dachte nach. „Nein, das ist nichts für mich. Ich muß wissen, was ich zu tun hab' und wie lange, und wann ich esse und wann ich mich schlafen lege, und wann ich aufstehe, damit ich mir alles einteilen kann.“

‚Warum habe ich das bloß gesagt‘, dachte Martin, ‚das hat ihm nicht gefallen. Und dann — vielleicht hab' ich doch ganz gern mal 'ne Überraschung.‘ Aber Grubetsch sagte: „An Eurer Stelle ging es mir genau so.“

In der Ecke raschelte es. „Ach, das ist ja das Kind. Das ist wach, das hört mir zu. Nun, mag es hören.“

„Habt Ihr schon ein Kind, Martin?“

„Nein, bloß ein Schwesterchen.“

„Wenn ich so ein Kind wäre, ich wüßte, was ich täte.“

„Nun?“

„Dumm würde ich mich stellen und weglaufen.“

„Ja, wozu?“

„Eines Nachts, mir nichts, dir nichts würde ich davonlaufen.“

„Ja, wozu?“

„Dort auf dem Fluß haben es die Kinder anders wie hier im Hof.“

„Kinder auf dem Fluß?“

„Jeder Schiffer hat was Lebendiges auf dem Kiel, einer ein Kätzchen, einer ’nen Vogel, einer ’nen Hundelchen, einer ’n Kindchen.“

„Was Ihr nicht sagt!“

„Lieber Gott, so ein Mädchen. Wenn’s mal in so einen Hof gefallen ist, wer holt’s heraus? Eng ist die Torfahrt, da fährt kein Freier ein. Hoch sind die Dächer, da hupft kein Liebster drüber. Aber wenn so ein kleiner Vogel anfängt zu flattern — allzuweit ist es zwar nicht bis zum Ufer, wo die Schenken sind für die Schiffer mit blauen Jacken und Messer im Stiefel, auch nicht allzuweit in die Stadt, wo es Straßen gibt mit Lichtern und feinen Herren. Aber doch zu weit zwischen Kartoffelschälen und Strümpfestopfen. Vier Ecken, das ist auch Auswahl genug zum Schlafen in einem Hof. Besser irgendeinen als gar keinen. Vielleicht, wenn's hochkommt, führt er dich manchmal hinaus auf die Gasse, vier Schritte nach rechts, vier Schritte nach links, und der Sonntag ist rum."

Martin sagte: „Man kann sich überall einrichten." Marie legte auf ihren Teller ein Muster aus Apfelkernen. In der Ecke raschelte es stärker, dann war das Aufplatschen nackter Füße. Auf einmal kam Anna an den Tisch. „Was hast du", sagte Martin erschrocken, „leg dich hin, wirst noch kränker werden. Wie der Schlenker da war, letzte Woche, ist sie so erschrocken, seitdem liegt sie immer auf der Bank, ißt nicht, schaut die Wand an, spricht kein Wort."

„Gib mir auch was davon", sagte Anna leise, und nahm Mariens Glas. Der Grubetsch legte den Kopf in die Hände, sah an ihr herauf und herunter. „Das ist nichts für dich", sagte Marie und nahm ihr das Glas weg. „Laß sie doch", sagte Martin, „ist ja nur ein Schluck." Anna nahm das Glas, setzte es an. Der Grubetsch stand auf. „Danke für das Essen, jetzt muß ich gehn, auf Wiedersehn.“ In diesem Augenblick wollte Anna das Glas hinstellen, aber irgend etwas war in ihre Hand gefahren. Sie zitterte am Tischrand herum und stellte das Glas in die Luft. Dann warf sie sich, mit ihrem Kopf und ihren dünnen Armen Teller und Gläser beiseite schiebend, quer über den Tisch, wie man sich über die Erde wirft. Das Tischtuch mit ihren Zähnen fassend und zerreibend, schluchzte sie, ohne einen anderen Laut hervorzubringen als das leise Klirren des Geschirrs. Marie beugte sich über sie, streckte die Hand aus, um ihr Haar zu streicheln, aber gerade vor dem Scheitel zogen sich die Finger von selbst zurück. Sie hatte die Lider gesenkt, ohne verhindern zu können, daß ein Lächeln aus ihren Augenwinkeln hervorspritzte. „Aber was fehlt dir denn?“ sagte Martin bestürzt. Er war ganz blaß geworden und fing an, heftig Annas nackte Füße zu reiben, hatte sie doch immer im Winter geweint, wenn sie gefroren waren.

„Also auf Wiedersehn“, sagte Grubetsch in der Tür.

Am nächsten Morgen stieß Martin auf dem Weg zur Werkstatt im Flur auf Grubetsch. Der hatte etwas in der Hand in Zeitungspapier eingeschlagen.

„Ist das Kind noch krank?“ fragte er. „Sie ist aufgestanden“, sagte Martin. Gerne hätte er noch mit Grubetsch im Flur gestanden, sichtbar für alle, die vorbeigingen, aber es war schon spät, er mußte in die Werkstatt. Grubetsch klopfte an. Mariens Stimme rief herein. Sie kniete am Boden, scheuerte, frisch und ausgeruht lag ihre Brust in der blauen Schürze. Sie hob ihr schönes Gesicht, schlafwarm, aufs Geratewohl waren die Zöpfe rund herum gebunden. Aber der Grubetsch schaute über sie weg. Am Fenster stand Anna in ihrem Unterrock, flocht ihr Zöpfchen. So hell war ihr Haar wie die Stirn. Ihre müden kranken, rotumränderten Augen blinzelten. Sie schaute den Grubetsch an, ohne sich zu regen, nur ihre Hände flochten weiter.

„Da ist etwas für dich!“ sagte er, nahm das Papier ab und hielt es ihr hin. Anna hörte auf zu blinzeln und sah ihn fest und ernst an. „So nimm doch.“

„Was ist das?“ sagte Anna erschrocken.

„Nimm doch, das ist für dich!"

„Für mich? Warum denn?"

„Nur so, so nimm doch!" Er nahm das Papier weg.

„Der war mit mir, was andres hab' ich nicht."

Es war ein kleiner zerrupfter Vogel, ein paar schmierige, gelbe, zerzauste Federchen, zwei Stecknadelköpfe als Augen.

Anna dachte: ‚Das soll mir gehören. Etwas Lebendes soll mir gehören. Ich habe falsch gehört, das ist für Marie; alle Geschenke sind für Marie. Sie machen sich über mich lustig.' Sie riß ihm den Käfig aus der Hand, stellte ihn auf die Bank und kniete sich davor. Der Vogel blähte sich auf, sträubte sich und zitterte. „Das soll für mich sein?" fragte Anna und schaute furchtsam auf. Aber der Grubetsch war schon weg. Anna hüpfte von einem Fuß auf den andern, ihr Zöpfchen spreizte vom Kopf ab. „Mir hat er was geschenkt, Marie, was Lebendes." Marie lachte laut auf. Anna drehte sich weg, legte ihren Kopf an den Käfig.

Der Nebel war so dicht, daß sogar Paul, obwohl er auf der Kellertreppe gerade unter Munks Laterne saß, seine Umrisse verloren hatte. Von dem Blonden, der sich zu einem Knäuel zusammengerollt hatte, war überhaupt nichts zu sehen, auch nichts von Toni, trotz seinen blanken Manschetten und seinem Strohhut, den ihm der Sommer zurückgelassen. Von den beiden Zwillingen waren zwei rote Flecken da. Sie waren alle, seit es kälter geworden war, aus der Torfahrt auf Munks Kellertreppe übergesiedelt. Noch eine Frau war dazugekommen. Das war Sebalds Frau, die keine Lust hatte, den ganzen Abend mit ihrem Krüppel von Mann im Dunkeln zu sitzen. Sie preßte ihren Leib gegen Pauls breiten gewölbten Rücken, die Arme von hinten um seinen Hals verschränkt, das Gesicht in seinem Haar. Gerade tappte Martin im Nebel in den Hof. Er kam später als gewöhnlich. Er war hungrig und müde. Er hatte sich verspätet, weil er sich im Weg geirrt hatte. Der Nebel hatte die ganze Stadt, in der er sich ohnedies schwer auskannte, völlig verhext. Er war eine halbe Stunde lang eine Straße entlang gelaufen, hatte wie immer die vierte Nebenstraße abgezählt, da war es eine ganz verkehrte Straße gewesen. Nun schien er endlich daheim zu sein. Wenigstens kam es ihm vor, als ob dieses Licht Munks Laterne wäre. Aber gleich war er wieder unruhig, dieser Hof war viel weiter als er sein sollte, die Lichtchen der Fenster standen viel höher, dunkel wölbte sich die Torfahrt. Da hörte er durch den Nebel seinen Namen rufen. Er zuckte zusammen und ging auf die Laterne zu. Er erkannte Paul, der ihn lachend ansah. Er hatte Paul schon öfters gesehen, aber er hatte sich fern von ihm gehalten, er mochte solche Leute ohne Arbeit nicht. Jetzt blieb er stehen und dachte: ‚das ist Paul, also bin ich daheim.' Aber, wie er näher hinsah, kam ihm dieser Paul ganz fremd und sonderbar vor. Und besonders mit dieser Frau, die ihr hageres, rotgeflecktes Gesicht gegen ihn drückte, war dieser Paul gar nicht Paul.

Martin kam einen Schritt näher, da sah er erst, daß noch ein paar auf der Treppe waren, er erkannte auch den Blonden und erkannte ihn wieder nicht. Die Frau rief ihm plötzlich ein Wort zu, das er nicht verstand, aber die anderen fingen laut zu lachen an.

Martin lachte schnell auch, und die anderen lachten noch mehr. Martin wollte herauf zu Marie, er hatte plötzlich eine schreckliche Unruhe, aber er mußte stehenbleiben und über das Wort nachdenken. Plötzlich tauchte, ohne daß man eine Tür hatte zuschlagen hören, Grubetschs Gesicht auf der Treppe auf. Er nickte Martin zu. Jetzt konnte Martin seine Füße bewegen, seine Unruhe war weg, er war endlich überzeugt, daheim zu sein. Er ging schnell weg. Er hörte die anderen hinter sich lachen, auch Grubetsch lachte auf. Auf einmal spürte Martin etwas im Herzen, als ob man ihm eine schlimme Nachricht mitgeteilt hätte. Er war ganz niedergeschlagen.

‚Aber Marie ist doch gesund', dachte er, ‚und morgen ist doch Sonntag, und ich habe doch meinen Lohn in der Tasche.'

Es kamen immer mehr Leute in Munks Keller. Für die auf der Treppe gab es zu naschen, mal ein bißchen Licht, mal ein bißchen Wärme, mal einen Schluck, mal einen Schwatz. Aber bald wurde es zu kalt; das bißchen Wärme, das von Munks Ofen zu ihnen kam, sooft die Tür aufging, reichte nicht mehr aus. Der Blonde erhob sich langsam und verschwand im Nebel. Toni folgte ihm. Die beiden Roten gingen auch fort, sie hatten irgendwo unter dem Dach eine Mutter wohnen. Der Grubetsch blieb und Paul und die Frau. Die Frau sagte: „Hör' mal, Grubetsch, mach' mal deine Treppe auf und laß uns rein." Grubetsch antwortete: „Da ist nicht mal Platz genug für mich drin." Die Frau sagte: „Ach was, wir wollen ja nicht drin tanzen." Grubetsch sagte: „Nein." — Paul sagte wütend: „Also ins Tor." Die Frau sagte: „Nein, dann geh'n wir 'rauf!" —

Sie gingen auch in den Nebel. Grubetsch setzte sich wieder auf die Treppe. Hinter dem Nebel gab es ein paar Lichtchen, seine Augen zählten eins ab und blieben dran hängen. Er war ganz zusammengesunken, die Leute, die herauf und herunter gingen, stolperten über ihn.

Nach einer Weile kam Paul zurück.

„Nun, wie war's?" fragte er.

„Wie soll's gewesen sein. Ungemütlich war's.'

„Wieso denn?"

„Nun, er ist zwar nichts mehr als ein Holzklotz, und sie behauptet, daß er nichts sieht und nichts hört und nichts versteht, aber immer so seine Augen durch die Dunkelheit auf sich haben, und es ist doch seine Frau, die er geprügelt hat, wie er noch schmuck und stark war — ist das vielleicht gemütlich?"

„Was machst du denn, laß los!" rief Paul ärgerlich, und zog den Zipfel seines fadenscheinigen Rockes aus Grubetschs Händen. „Warum lachst du?"

„Gar nicht lache ich. Nur weißt du, — — wie dieser Sebald zum ersten Male hier anrückte und sein Maul auftat und prahlte und mit den Armen schlenkerte, da kam mir gleich der Gedanke, wie sonderbar es sein muß, wenn so einer nicht mehr prahlen kann und nicht mehr mit den Armen schlenkern."

„Und ich dachte auch gleich", fügte er hinzu, von neuem Pauls Rockzipfel ziehend, „daß sie besser zu dir paßt als zu Sebald."

„Ja, wieso denn?"

„Ei, Sebald — er war zwar ein Prahler und er war zwar ein Schlenderer, aber er war doch unternehmend und großartig, er war nicht so fett wie du, er konnte Sprünge machen. Er war viel zu gut für da droben zu bleiben, etwas anderes war das Rechte für ihn!"

„Grubetsch“, sagte Paul, diesmal zog er die Zipfel nicht zurück und sein Gesicht wurde ganz schlapp vor Nachdenken, „lieber Grubetsch, lieber, willst du nicht zu mir ziehn, werde dich gut pflegen, wie damals.“

„Nein, wozu?“ sagte Grubetsch.

Sie trennten sich. Grubetsch setzte sich wieder auf die Treppe. Er sah genau da hinauf, wo vorher das Lichtchen gewesen war, jetzt war es dunkel, er fuhr aber fort hinauf zu starren.

Marie und Anna hatten einen Streit. Marie wollte fort, da waren die Heringe zu putzen, Anna sagte: „Alles tu ich, was du willst. Aber schau, ich bitt dich, tu du das, sie sind so glatt und naß, bei uns gibt es das nicht, und dir macht's gar nichts.” Marie sagte: „Ach was, du tust gar nichts mehr, seit der Vogel da ist, immer nur spielen, das gefällt dir.“ Anna erwiderte: „Ich tu ja alles, was du willst, nur die Heringe nicht.“

Martin trat ein. Er war hungrig und müde. Aber gleich vergaß er seinen Hunger, ging auf Marie zu, und wie man ein seidnes Tuch an einem Zipfel anfaßt, so hob er ängstlich ihre Hand an einer Fingerspitze. Aber Marie zog sie ihm weg. „Ach, laß mich!“ — „Aber was ist denn?“ sagte Martin erschrocken, und statt ihrer Hand nahm er eine Franse ihres Tuches. „Eines wie das andere, du und Anna“, rief Marie.

„Was ist mit Anna?“

Marie nahm Martin beiseite, erzählte. „Vogel hin, Vogel her, nichts wie Spielen hat sie im Kopf.“

Martin nahm die Schüssel, stellte sie Anna in den Schoß: „Da putz“, sagte er. Marie lachte auf, Anna sah ihren Bruder an, so müde und blaß sah er aus, sah die Heringe an, so glitschig und schiefe Mäuler und lebende Augen. Sie schaute wieder auf ihre aufgerissenen Hände, die tappten nach den Heringen, zog sich zusammen, — sah wieder ihren Bruder an.

„Ich möchte schon“, sagte sie leise, „ich kann nicht.“

Marie lachte nochmal, Anna fuhr zusammen. „Entweder — oder“, sagte er, trat ans Fenster, hängte den Käfig ab, der draußen im Hof nach der Sonne hing und öffnete den Riegel. Anna war aufgesprungen und sah ihren

Bruder zuerst verwundert an. Ihr Gesicht überzog sich mit tiefer Röte, gar nicht fleckig, sondern ganz gleichmäßig, so daß es einen Augenblick beinah frisch und gesund aussah. Freilich nur einen Augenblick, dann wurde es wieder ganz bleich. Martin öffnete das Gitter, jetzt machte Anna eine Bewegung, doch schon war der Vogel weg.

Jetzt riß Anna den leeren Käfig aus Martins Händen, drückte ihn an sich und verschränkte die Arme darum.

„Weine nicht", sagte Martin auf einmal bestürzt, „Anna, kleine Anna, weine nicht!" „Aber ich weine ja gar nicht", sagte Anna. mit zwei Fingern die Stäbchen des leeren Käfigs streichelnd. „Weine nicht", fuhr Martin erregt fort. „Sieh, ich putz sie selbst, deine Heringe, habe schon angefangen, siehst du."

Marie lachte laut auf. „Eines wie das andre, eines wie das andre." Plötzlich erhob sich Anna und hängte den Käfig an seinen alten Platz, an die Hofseite, gegen die Sonne. „Aber was willst du denn dort mit dem leeren Käfig, Anna?"

„Es ist noch immer mein Käfig", sagte Anna. „Und ich kann ihn hinhängen, wo ich will."

Der Nebel war weg, der winterliche Hof war blank geschliffen wie ein Spiegel, in dem sich das Viereck Himmel zwischen den Dächern spiegelte. Es war ebenso blank geschliffen und ebenfalls mit einem einsamen Lichtchen versehen wie Munks Laterne. Anna kam herunter und setzte sich unter ihrem Tuch vor Kälte zitternd auf die Stufe. Es war so still, daß man irgendwo hinter verschlossenen Läden jemand husten hörte. Die kleine graue Katze schlupfte vorbei, ebenfalls bebend in ihrem durchlöcherten Fell. Sie versuchte zu Annas Fuß in den Strohschuh zu schlüpfen. Anna gab nicht acht. Ihr Fuß war so kalt, daß er nichts fühlte. Nach einer Weile kam der Grubetsch, setzte sich neben sie. Anna fing an mit der Katze zu spielen. Aber ihre Finger waren so steif, sie blies in die hohlen Hände.

„Du wirst hier erfrieren“, sagte Grubetsch, „komm zu mir.“

„Nein, nein!“

„Nein? Warum nein?“

„Will nicht, kann nicht, nein.“

„Willst nicht? Kannst nicht? Warum denn?“

„Ich weiß nicht, ich fürchte mich!“

„Fürchten? Wovor?“

„Ach, du weißt schon!“

„Gar nichts weiß ich.“

„Doch, du weißt.“

„Nun, und wenn schon! Wirst nicht dran sterben!“

„Nein, ich will nicht.“

„Ach was, komm!“

„Nein, nein, nein!“

„Komm!“ — Er faßte sie am Arm. Anna senkte den Kopf, sie legte eine Hand an Grubetschs Schulter, die andere an ihren Schoß. Einen Schritt hinterdrein folgte sie ihm in den Hof.

Sie gingen ein Stück die Treppe herunter. Grubetsch hob eine Planke ab und half ihr herein. Früher hatte Munk hier seine Kisten aufgehoben, mal auch jemand, der weder im Hof noch in der Gasse gesehen werden wollte. Es war fast dunkel, wenn man sich aber daran gewöhnt hatte, konnte man die Kisten unterscheiden, die noch immer in einer Ecke aufgestapelt lagen. „Nein, wie eng es hier ist!“ rief Anna bestürzt, „hier ist es zum Ersticken, laß mich heraus!“

„Wirst dich schon daran gewöhnen!“

„Nein, hier erstickt man, ich will fort!“

„Du kannst gar nicht allein heraus! Sei still! Komm, hier ist die Wand warm von Munks Ofen auf der andern Seite.“ Anna setzte sich auf eine der Kisten. Da war doch noch ein Loch in der Mauer. Von Munks Laterne kam etwas herein, machte einen blassen Schein auf die Wand, und gleich warf das Gerümpel in der Ecke einen Schatten drauf, etwas wie einen Hund, Ohren und Schnauze. Anna deutete mit dem Zeigefinger darauf.

„Ja, siehst du, es ist nicht so schlimm. Frierst du noch, zeig her! Was fährst du zusammen?“

„Ich fürchte mich so!“

„Ja, warum bist du gekommen?“

„Ich weiß nicht, laß mich heraus!“

„Nein, sei ruhig, siehst du!“ Aber Anna sprang wieder auf. Etwas Dumpfes dröhnte über ihren Köpfen. Die Kisten fingen an zu rütteln. „Was hast du denn? Jemand kommt die Treppe herunter. Wir sind doch in der Treppe, wirst dich gewöhnen.“

„Ja, kannst du denn das aushalten?“

„Aushalten? Das ist lustig. Ich kenne alle am Schritt, ich weiß, wohin sie gehen, was mit ihnen geschehen wird.“

„Ach, und geschieht es?“

„Ja, aber jetzt sei still!“ Sie fingen an, da dröhnte es über ihren Köpfen, fest, abgehackt und prahlerisch. „Das ist Paul“, murmelte Grubetsch. Anna war ihm nochmal davongezuckt, aber er hatte sie schon fest. Nebenan war Gelächter, Trommeln auf den Tisch, Harmonika, immer schneller und schneller, das taten sie auch. Dann brach es ab. Der Grubetsch richtete sich auf. Anna faßte ihn an den Handgelenken. Er nahm sie wieder, die Harmonika nebenan war jetzt traurig, ein Betrunkener schluchzte. Der Grubetsch richtete sich wieder auf. „Jetzt genug“, sagte er. Aber als ob er eine Kette um ihren Leib gelegt und das eine Ende in der Hand behalten hätte, rutschte sie ihm nach von einer Ecke zur andern. Von neuem krachte die Treppe, der Betrunkene floh vor der Harmonika, die ihm das Herz aufwühlte. Er rollte noch ein paar Stufen zurück, rappelte sich auf und fiel in den Hof. Anna kroch auf die Kiste, verschränkte die Hände über dem Knie.

„Sag mal, so schrecklich still ist es plötzlich.“

„Munks Harmonika ist aus.“

Es war auch so still, tausend Fuß war der Keller in die Erde gerutscht.

„Hier ist es so gut und dunkel“, fuhr Anna mit heller, gar nicht heiserer Stimme fort, „niemand sieht einen an, laß uns hier bleiben, laß mich nie mehr heraus, mich nie mehr durch den Hof gehen!“

„Wie! Willst du wohl immer in einem Kellerloch bleiben? Hüpfen willst du und tanzen. Andere werden ihren Kopf dahin legen, wo jetzt der meine liegt.“

„Nie, nie, nie wird das geschehen! Eher wird dieser Hof ein Garten, die Häuser Bäume werden!“

„Ach, Grubetsch, komm. Mein Rücken ist auf einmal so kalt.“

— — „Munks Ofen ist aus.“ Sie ließen sich wieder los, horchten. Irgendwo hustete jemand, vielleicht dasselbe, das schon gehustet, wie Anna im Hausgang gewartet hatte. — —

„Du mußt jetzt gehen!“

„Ach! noch ein wenig.“

Auf einmal war es so, als ob ein kalter grauer Staub auf sie geweht käme. Beklommen waren sie, sogar die Bretter an der Wand und die Kisten in der Ecke. Munks Laterne war ausgegangen.

„Aber jetzt mußt du gehen.“ —

Er faßte sie am Arm, zog sie heraus. Mürrisch und verdrossen zwischen Nacht und Tag hockten die Häuser um den Hof. Ein böser Zugwind kam durch die Torfahrt, schlug ihr ins Gesicht. Sie wollte zurück, aber die Luke war schon zu. Sie machte einen Schritt vor, zögerte noch einmal. Als erster von allen, vorgebeugt, mit hochgezogenen Schultern, als ob er sich darin wärmen wollte, kam Martin durch den Hof.

Der Schnee, der in lustigen Sternchen zwischen den Fenstern wirbelte, wurde auf dem Pflaster zu einem schmierigen Teig, in dem die Kinder wateten. Ein ganz Kleiner stand abseits, den Kopf im Nacken, mit aufgerissenem Mund versuchte er Schneeflocken zu schlucken. — ‚Das ist Sebald seiner‘, dachte Grubetsch, ‚im Sommer ging er in eine Hand.‘ — „Komm her, Kleiner!“ Der Junge kam ängstlich näher. Eine Weile betrachteten sie sich gegenseitig.

„Mein Vater ist gestorben“, sagte plötzlich stolz der Kleine und spreizte die Arme, wie sein Vater es beim Prahlen getan hatte. Er kam noch etwas näher und schaute neugierig hin. Der Grubetsch war plötzlich zusammengeschrumpft, er hatte die Augen zugemacht, seine Finger krachten so komisch ineinander. Aber schon hatte er die Finger auseinandergezogen, streckte die Hand aus, faßte den Jungen unterm Kinn, hob etwas seinen Kopf. Der Kleine war ganz stumm vor Schreck, noch nie hatte jemand seinen Kopf hochgehoben.

„Nun, spiel weiter!“ sagte der Grubetsch. Der Kleine lief an seinen alten Fleck, riß den Mund auf. Aber auf einmal kam ihm ein Gedanke, er hupfte nochmals zu Grubetsch zurück, drückte sich an seine Knie.

„Er wird morgen begraben“, flüsterte er, „er hat mir mal ein Schiff aus Papier gemacht.“

Anna stieß in der Torfahrt auf Sebalds Witwe. Sie mußten miteinander warten, bis Munks Kisten ausgeladen waren.

„Nun erzähl' mal, wie ist's?“ sagte die

Frau. Anna schwieg, preßte die Lippen zu, sah auf die Bluse der Frau, deren oberster Knopf offen stand.

„Gib acht", rief die Frau zornig, „daß es dir nicht geht, wie es Katarina ergangen ist!"

Anna machte sich noch dünner, schlupfte an den Rädern vorbei.

„Warum kommst du so früh?"

„Es ist ja schon dunkel!"

„Das macht der Schnee, nicht mal die Lampe ist an!" Anna kroch auf die Kiste. Sie drückte sich ganz ins Dunkle, damit es so sein sollte, als ob sie noch nicht da wäre. Auf einmal schlich etwas Weiches, Lautloses über die Bretterwand, legte sich sacht darüber. Munks Laterne war angegangen. Anna stellte sich vorsichtig auf die Füße, kam in die andere Ecke.

„Kann ich jetzt kommen?"

„Ja!"

„Sag doch, Grubetsch, was war mit Katarina?"

Grubetsch lachte.

„Wie kommst du auf die?"

„Sebalds Witwe sagte —"

„Nun hör zu, wenn du willst — nein, bleib nur, das kann man ebensogut so erzählen! Sie war meine erste Liebe. Da drüben wohnte sie. Im Sommer fand ich Arbeit ein paar Bahnstunden weit weg. Eines Abends komm ich zurück, in der Gasse treffe ich Paul, der wohnte schon damals hier, gleich nebenan.

‚Nun, was macht Katarina?‘

‚Was soll sie machen? Dünn ist sie und sehnt sich.‘ Ich will schnell rauf, da kommt mir ein Einfall. ‚Laß mich mal rein‘, sagte ich, ‚möchte mal bei dir durchs Schlüsselloch sehen. Nur mal so sehen, was sie tut, wenn ich nicht da bin.‘ Paul hat gleich Spaß dran, wir gehen herauf. Ich schau' durch die Tür, sieh, da sitzt sie und näht, ein bißchen blaß schaut sie aus, ganz warm wird mir's. Ich will schon rufen, da klopft es drüben, sie fährt zusammen, wird ganz rot, meint, daß ich's bin, aber nur die Nachbarin ist's, ganz blaß wird sie wieder. Jetzt will ich rüber gehen, aber da denke ich, gut ist's, noch ein bißchen zu sehen, wie sie wartet.

Ich sage zu Paul: ‚Verrate niemand, daß ich da bin!‘ — Paul verrät nichts, der hat Spaß an solchen Sachen. Tag und Nacht lieg' ich vor der Tür, so dünn ist sie vom Warten. Immer möcht' ich herein, ihr Hälschen und ihre Arme, alles ist ganz voll Warten, möchte schon drin liegen, kaum kann ich's aushalten, aber auch das ist gut, so zu sehen, wie sie wartet. Immer sitzt sie am Tisch, schaut nach der Tür, zuckt zusammen, rennt mal ans Fenster. Einmal legte sie die Hände vor, weint, jetzt kann ich's schon nicht mehr aushalten, aber auch das ist gut, zu sehen, wie sie wartet. Immer sitzt sie am Tisch, schaut nach der Tür, zuckt mal zusammen, rennt mal ans Fenster. Ich kann es kaum ansehen, laut muß ich rufen, aber nein, nichts rufe ich, weh tut's, aber gut ist's, auch so zu sehen, wie sie wartet. Einmal kommt sie die Treppe herauf, ich herunter, niemand kennt mich, ganz klein und alt mache ich mich. Wie der Schnee so weiß ist sie. Möchte ihre Brust anrühren, aber nicht anrühren, das ist auch gut. Jetzt ist schon Winter, dünn ist sie wie ein Strich. Weinen sehe ich sie, das Blut weint sie sich aus. Das kann ich nicht aushalten, ich muß wohl hereinkommen. Aber so zuhören, das ist auch gut, fast so gut wie die Liebe selber. Krank wird sie und kränker.

Könnt' ich doch hereingehen. Aber ich kann nicht. Wenn doch Paul mich verraten ginge — aber der hat Spaß dran. Manchmal klopft es, sie fährt aus dem Bett, ja, so fährt sie auf, daß ich selber glaube, wer da geklopft hat, das muß ich sein. Ganz bestürzt bin ich selber, daß ein anderer durch die Tür kommt. Immer lauter hustet sie, immer weniger wird sie, im Frühjahr war's aus. Schrecklich war das, und doch war's gut, beinah' so gut wie Hochzeit."

„Warum erzählst du das, Grubetsch, das ist alles nicht wahr."

Mit kläglichem Jihih begann die Harmonika. Als ob sie ermahnt worden wären, faßten sie sich an, legten sich ineinander. Alles fand sich zusammen, brauchte nicht mehr lang zu suchen. ‚Alles ist in Ordnung', dachte Anna, ‚freilich, alles ist in Ordnung.' Nebenan schluchzte verzweifelt der Betrunkene, der immer schluchzte, wenn Harmonika gespielt wurde.

An einem späten Nachmittag kam der Schlenker in den Hof und lief schnell, ohne von jemand bemerkt zu werden, zu Munk herunter. Er blieb kaum eine halbe Stunde. Er hatte keinen Grund zu kommen. Munk besorgte jetzt alles, brachte das Geld in die Stadt. Aber wie er die Straße heruntergefahren war — grün und rot spritzten die Lichter, hüpften die Buchstaben in der Luft —, da hatte er plötzlich Lust bekommen auf diesen gelben, faden Strumpf von Laterne, der ihm jetzt mit einem dünnen, kranken Finger auf die Schulter tippte, ja vielleicht war er auch aus einem andern Grund gekommen; er wußte nicht recht, er ärgerte sich schon, daß er gekommen war und eilte sich, fortzukommen.

So fest und prächtig seine Stiefel waren, der zähe, feuchte Schnee drang einem durch. Kalt wurden seine Sohlen, schwer seine Füße, der Schlenker blieb unschlüssig stehen, ob es sich auch lohne, solche schweren Füße aus diesem Hof in irgendeinem Wagen zu ziehen und heimzufahren. Er sah sich noch einmal um, still war der Hof, in schmierigem nassen Schnee endigte der Wintertag.

Etwas Weiches, Warmes huschte in der Torfahrt an ihm vorbei, seine Hand langte danach. Anna blieb stehen und blinzelte, um im Dunkeln zu erkennen, wer das sein mochte. Der Schlenker legte die freie Hand an den Bart, spreizte den Daumen ab. Anna starrte darauf und fing plötzlich laut an, um Hilfe zu rufen. Der Schlenker ließ sie sogleich los, schüttelte den Kopf, Anna schlupfte auf die Straße, der Schlenker wollte jetzt auch gehen, keineswegs ihr nach, nur heim. Einer, der Annas Ruf gehört hatte, kam von der Gasse gelaufen, stellte sich in die Torspalte. Das war der Blonde. Der Schlenker wollte vorbei, stieß ihn vor die Brust. Der Blonde faßte ihn am Ärmel. Der Schlenker riß sich los, der Blonde bekam seinen Bart zu fassen, der war spröde und knisterte. Jetzt packte der Blonde zu, er faßte den Schlenker an der Brust, seine Tasche war voll, er griff ihm an den Hals, immer kriegte er etwas von diesem Bart zwischen die Finger, diesem ekelhaften, spröden. Eine wilde Angst erfaßte den Schlenker, sein Herz stieg in die Kehle, seine Gedanken flogen, die Gesichter seiner Töchter, sein Haus, sein gedeckter Tisch. Auch das Herz des Blonden war in der Kehle, auch seine Gedanken flogen. Toni war nicht dabei, bald war Sommer, Sebalds Witwe hatte versprochen — — —

Seine Hand wurde locker, der Schlenker atmete auf, der Blonde murmelte etwas und lief in den Hof. Der Schlenker lief auf die Straße. Sein Herz glitt langsam aus der Kehle herunter.

Er war krank und alt. Er war sonderbar enttäuscht.

Die letzte Zeit hatte Martin ein schrecklich müdes Gesicht bekommen, das zwar nicht gerade Kummer ausdrückte, aber doch Erstaunen, daß der tägliche Weg immerhin länger war, als er sich vorgestellt hatte. Aber er war auch wirklich länger als irgendeine Landstraße daheim, unlustig und unausgeruht trat er ihn an, wunderlich, wie müd die weichen zarten Dinge machten, die Marie zu tun pflegte. Anna hatte sich in der letzten Zeit um niemand und nichts gekümmert, nicht um Schlafen und Wachen, nicht um Essen und Trinken, nicht um Martin und Marie. An diesem Nachmittag, als sie den Boden scheuerte, — sie nahm jetzt Marie jede schwere Arbeit ab, alles war gut, was den Tag herunter und die Dunkelheit heraufzog, schwere Arbeit war gut, die duckte den Körper, er vergaß, daß er allein war, — fiel ihr Martins Gesicht ein, müd und enttäuscht, wie es die ganze Zeit über war. Sie erschrak, daß sie beinahe vergessen hatte, ihm entgegenzulaufen, obwohl sie das die letzte Zeit nie mehr getan hatte. Sie traf ihn an der Ecke der Gasse. Obwohl er sich die letzten Wochen gar nicht mehr um Anna bekümmerte, erhellte sich sein Gesicht, wie er sie auf sich zulaufen sah. Er streichelte ihr Haar und umschlungen drückten sie sich die Mauer entlang. Wie sie aber in den Hof traten, wurde Martin zerstreut und schaute zu dem Licht herauf, das oben in seinem Zimmer brannte. Auch Anna atmete unruhig. Sie ließen sich los, gingen schweigend mit ähnlich geneigten Köpfen nebeneinander, ihre Herzen jagten nach verschiedenen Seiten. Im Hof standen Paul und die anderen, schwenkten und redeten laut, sie stockten, als die beiden eintraten, flüsterten weiter. Sie verbissen ein Lachen und prusteten hinterher, als die beiden vorbei waren.

„Worüber lachen sie denn?“ fragte Martin und faßte von neuem Annas Arm.

„Es kommt mir beinahe vor, Martin, als ob sie über uns lachen.“

„Ja, was gibt es denn an uns zu lachen!" murmelte Martin.

„Du brauchst gar nicht auf sie zu warten", sagte Sebalds Witwe böse. „Sie kommt bestimmt nicht. Sie ist krank, Marie hat es erzählt."

Der Grubetsch ging wieder herunter. Er setzte sich auf seinen gewohnten Fleck. Er sah schärfer in die andere Ecke, nichts saß dort. Er machte die Knie auf, spreizte die Finger, das war nicht zum Aushalten. Wie schrecklich war es, ohne das zu sein, was er brauchte. Nebenan war wieder die Harmonika, ein kläglicher, endloser Faden, und der Betrunkene fing wieder an zu schluchzen: „Zum Teufel mit ihm." — Der Grubetsch ging hinaus in den Hof. Er schaute hinauf, wie Burgen standen die Wände, herunter muß sie, dachte er. Ja dort oben brannte das Lichtchen, hinter zugezogenen, bunten Vorhängen, auf die Martin so stolz war. Martin — er war kein Sebald, der bloß so ein paar Fetzen an seinem Fenster baumeln gehabt hatte und dahinter Prügel und Liebe durch die Löcher in den Hof schielend. Bei Martin war aufgeräumt bei

Tage und zugezogen bei Nacht. Wenn man zu ihm ging, dann wurde man nicht hineingestopft in eine große Schlamperei, nein, sie rückten sauber auseinander und gaben ihm einen Teil vom Platz und einen Teil von der Lampe. Wie ein Abfall von Martins Heim, so stahl sich aus dem Schlitz zwischen den Vorhängen ein Streifen Licht hervor und floß in den Hof. Ein dünner, zager, beinahe wohllautender Husten lief daran herunter.

Der Grubetsch faßte einen Entschluß. Er ging quer über den Hof.

Er klopfte und trat ein. Marie machte ihr überraschtes „Ah". Martins graues abgespanntes Gesicht wischte die Freude in einem Zug blank. „Ist sie schon wieder krank?" fragte der Grubetsch und näherte sich Annas Lager. Anna richtete sich mit einem Ruck auf. Sie streckte den Arm aus, um wenigstens irgend etwas von diesem Gast zu berühren, wenn auch nur den Schatten seines Schattens. Aber der Grubetsch wandt sich schnell um und setzte sich.

‚Sie wird gesund werden', dachte er.

Sonst war es nicht anders wie das erste Mal.

Ebenso schnell war der Tisch gedeckt, das Essen bereitet. Etwas näher als damals kam beim Austeilen Mariens Kopf an Grubetschs Kopf, etwas lauter klingelten ihre Armbänder.

„Die hat sie so gern," sagte Martin, „jeden Monat kriegt sie ein neues."

„Ihr sollt Euch nicht so abarbeiten, Martin, ganz abgemagert seid Ihr über den Winter."

„Was soll man tun, Grubetsch, wenn man eine feste Stelle hat, eine eigene Familie?"

‚Von allen Menschen', dachte Martin, ‚merkt dieser Grubetsch allein, wie müde ich bin.'

„Was hat das für einen Sinn, immer arbeiten, Ihr müßt mal ausspannen."

„Ja, wer das so könnte!"

‚Ich bin wirklich ganz elend', dachte Martin, ‚erst jetzt merke ich, wie müde ich bin.'

Auf einmal sagte Marie: „Er ist immer müde und ich niemals. Ich glaube, wenn ich ein Mann geworden wäre, ich hätte eine Stadt in einem Tag erbaut."

„Nu, nu, nu."

„Doch, eine ganze Stadt mit Häusern und Gassen."

Der Grubetsch lachte. „Ich möchte lieber

allein mit ihm sein", dachte Martin, „ihn ganz für mich haben."

„Heute, Grubetsch, ist kein Wein da. Wenn wir gewußt hätten, daß Ihr kommt — —"

„Ja, ich bin so hereingeschneit."

‚Hereingeschneit', dachte Martin, ‚es kann gar nicht so schlimm sein, kein Bett und keinen Tisch zu haben. Immer zu Gast, gar kein Gepäck, immer Feierabend.'

Grubetsch legte seine Hand auf Martins Stuhllehne. ‚Ich bin schon immer hier', dachte er, ‚und Martin ist erst ein Jahr hier. Und gleich haben sich vier Wände um ihn gestellt, und eine Decke hat sich über seinen Kopf gelegt. Wenn ich das auch haben könnte. So vier Ecken, eine Lampe und eine Frau, eine ganz junge, stille, immer dieselbe, das ist doch das Beste, Anna zum Beispiel, die würde mir schon gefallen. Wenn ich das könnte, aber es geht nicht.'

Im Dunkeln, auf ihrer Bank hatte sich Anna aufgerichtet. Sie hatte die Knie unter der Decke zusammengepreßt. Alle Gesichter waren ihr abgewandt, aber ihr schien es, als ob der eine Punkt unter der Bettdecke laut schlagen würde, wie ein Herz, hörbar für alle im Zimmer.

Sie schaute auf Grubetschs Rücken, breit und vorgebeugt, in der engen, blauen, zerschlissenen Jacke. Und auch als der Grubetsch gegangen war und die anderen sich schlafen gelegt hatten, fuhr Anna fort, die Stuhllehne anzustarren, wie vorher den Rücken.

Am nächsten Abend, Martin und Marie haben sich früh gelegt, stand Anna auf und schlupfte heraus. Ihr war noch schwindlig, die Stufen tanzten unter ihren Füßen. Schon im Hausgang stieß sie auf Grubetsch. „Ich dachte mir wohl, daß du kommst." Sie gingen herunter. Die letzten Wochen war sie röter und kräftiger geworden, aber jetzt nach der Krankheit, als ob man ihr alles geliehen und wieder genommen hätte, war sie genau so wie im Sommer. Sie wurde schnell müde, ganz weiß wurden ihre Lippen. Der Grubetsch streichelte ihr Haar und Hände, das hatte er noch nie getan. Anna hielt den Atem an, sie fürchtete, irgendeine dieser Liebkosungen zu verscheuchen.

„Was gibt es denn da zu seufzen?"

„Ich habe dich lieber als meinen Bruder, lieber als meine toten Eltern, lieber als Gott im Himmel. Früher, Grubetsch, dachte ich mir, in diesem Hof muß man sterben. Jetzt möchte ich nirgends mehr anders hin. Alles Gute, was es gibt, hat es hier gegeben.

Ach, Gott, jetzt geht schon die Laterne aus."

„Nun, sie wird wieder angehen. Im Nu ist so ein Tag zu Ende, mir nichts dir nichts."

Aber plötzlich, Anna war schon aufgestanden, hielt er sie fest. „Nein, du hast recht, bleib'. Du bist noch krank, wer weiß, ob du morgen kommst."

„Bald ist der Winter rum, Grubetsch, dann kommt der Fluß."

„Was für ein Fluß?"

„Wie! der breite, lange, helle, glitzernde Fluß."

„Ja. Dann erst fängt alles an."

„Was fängt an?"

„Ich weiß nicht, alles! Das ist noch gar nichts!"

„Ho, Anna, fühlst dich doch wohl bei diesem gar nichts! Hast dich gut eingewöhnt in dieses gar nichts."

„Böse bist du, Grubetsch, geh' weg."

„Gut."

„Grubetsch, so ein Floß — ist es groß? Ist es klein? Kann man darauf schlafen, darauf tanzen? Fährt es schnell? Wohin fährt es? Warum? Aber ich muß jetzt gehen. Sie stehen schon auf.“

„Nun, laß sie aufstehen, aber du bleib’! Was hat denn so einer wie ich außer dir?“

An einem Sonntagmorgen trat Anna an den Kaffeetisch, über den eine frische Decke gebreitet war. Marie und Martin saßen schon, und zwischen ihnen stand ein großer Kuchen mit Rosinen, er war kaum angeschnitten. Schweigend bröckelten sie in ihren Tellern herum. Anna nahm ein großes Stück und fing fröhlich zu essen an. Die Wintersonne glitzerte durch die ebenfalls frisch gespannten Vorhänge, leckte die gescheuerten, nach Seife riechenden Dielen, funkelte auf dem Geschirr und auf Martins mürrischem Gesicht und legte sich breit über die Wand. Aus dem alten Schrank lockte sie einen wunderlichen Schatten, ein Hund, Schwanz und Schnauze, der saß auf der Wand. Annas Augen lachten, der war ihr wohl nachgelaufen, sie freute sich, dann sah sie sich verwirrt um, als ob sie sich verraten hätte. Da blieb ihr Blick an Mariens Gesicht hängen. Auch sie starrte auf die Wand, auch ihre Augen lächelten, eine Erinnerung machte ihre stolzen Mundwinkel weicher. Anna spürte eine Hand in einem Riß in ihre Brust hineinfahren, etwas herausholen und sich wieder zurückziehen. Einen kurzen Augenblick hatte dieser Riß weh getan, dann zog es noch ein wenig und war vorbei. Da wo die Hand hingegriffen, etwas herausgeholt hatte, war es jetzt leer, es war nicht angenehm und nicht unangenehm, es war gar nichts. Anna aß ihren Brocken Kuchen auf und trank ihre Tasse leer. Sie fuhr fort, Marie zu betrachten, ja, schön war Marie, fest geschwungen ihre schwarzen Brauen, ihre Augen glänzten, wie Wolken lagen in ihrem weißen Gesicht die dichten Wimpern; kräftig und warm war ihre Brust, und doch war sie fein von Wuchs, geschmeidig und gefügig. Die Hände, mit denen sie jetzt das Kaffeegeschirr zusammenräumte, waren weich und zart, kaum gerötet von Arbeit. Früher hatte Anna diese Hände mit Widerwillen betrachtet, aber jetzt sah sie sie ganz gerne an. Sie schaute zerstreut durch das Zimmer, alles war sonnig und ordentlich, nirgends gab es etwas, um es mit Haß und Widerwillen zu betrachten. Und schließlich blieb ihr Gesicht voll Ekel an dem guten, müden Gesicht ihres Bruders hängen.

Am Mittag hatten sie ausgehen wollen, aber es wurde nichts daraus. Die Kälte schlug um in einen schmierigen Stadtschnee, der schnell zu Regen wurde, Kleider und Herzen aufweichend. Wie es dunkel wurde, schlich sich Anna herunter wie immer. Sie wußte, daß es keinen Zweck hatte, aber ihr Herz war so gewohnt, um diese Zeit zu klopfen, daß es auch jetzt klopfte. Sie wartete, aber, obwohl sie genau wußte, daß es umsonst war, war es doch das alte, gewohnte, spannende Warten. Sie war ganz durchnäßt, aber es kam ihr unsinnig vor, hinauf ins Zimmer zu gehen. Die Nacht war schon angebrochen, es gab allerhand Lärm in Munks Keller. Das störte sie nicht, im Gegenteil, es war gut, daß es noch Lärm gab, sonst wäre es gar zu still auf der Welt gewesen. Auch daß die Laterne brannte, war gut, sie warf ein Kreisrund auf das Pflaster, da hinein konnte sie sich stellen, da war sie geborgen. Die Häuser waren doch so hoch, nachts waren sie noch höher als am Tage, wenn man in diesen Schacht hineingeraten war, dann konnte man nicht mehr heraus.

Sebalds Frau kam herauf, sie erblickte Anna mit triefendem Haar mitten in der Pfütze stehen, platzte heraus und rief: „Schau nur mal in den Keller!“ Anna nickte, kauerte sich vor das Kellerfenster und schaute ernsthaft herein. Dann schnellte sie unters Licht und rief eifrig: „Martin, Martin!“ Die Vorhänge wurden zurückgezogen, Martin schaute heraus.

„Martin, wo ist denn Marie?“

Martin sagte: „Bei den Nachbarn. Was ist denn?“

„Komm mal herunter, ganz schnell!“

Nach einer Weile erschien Martin, blinzelnd im Regen.

„Da schau mal, Martin!“

„Aber wozu denn?“

Die Stirne runzelnd über die Nässe, die seine Sonntagshosen beschmutzte, kniete sich Martin neben Anna und sah hinein. Vor dem Ofen saß einer der roten Zwillinge, das war nämlich der Harmonikaspieler, er schrillte und gilbste. Toni und der kleine Blonde hopsten um ihn herum, nach jedem Takt die Köpfe aneinanderstoßend wie Böcke. Auf dem Tisch saß Sebalds Frau und Paul davor, den Kopf in ihren Röcken. Ganz hinten im Winkel saßen Grubetsch und Marie. Ihre Zöpfe waren um Grubetschs Hals gewunden. Ihre freie Brust schimmerte durch den Keller, beinahe durch den Hof. Martin stand nicht mehr auf. Er rutschte auf den Knien quer über das Pflaster, durch die Pfütze und die Treppe herunter. Der Rote legte die Harmonika weg. Paul hob den Kopf, alle sahen sie erstaunt nach der Tür, auf den Boden, was da angekrochen kam. Marie erhob sich, gelassen schwenkte sie die Zöpfe zurück, bedeckte sich die Brust. Etwas bleicher war sie geworden, aber noch war das Lachen nicht ganz weg aus ihren Augen. Plötzlich vom Boden weg machte Martin einen Satz auf Grubetsch. Jemand hielt Martin an der Jacke, aber Martin legte nur die Arme um Grubetschs Hals, den Kopf an seine Schulter.

„Etwas Schreckliches ist mir heute geschehen", schluchzte er, „du kannst dir gar nicht vorstellen, was mir heute Schreckliches geschehen ist."

Grubetsch hörte mit geneigtem Kopfe zu, strich ihm mit der Hand übers Haar. Aber plötzlich besann er sich anders, packte ihn am Kragen und drückte ihn auf die Bank. Alle kamen an den Tisch. Grubetsch nahm die Flasche und stopfte ihren Hals in Martins Mund, so tief es ging. Martin sträubte sich und schluchzte. Sein Schluchzen wurde Husten. Dann wurde er still. Dann wurde er purpurrot, dann machte er eine dumme Bewegung mit der hohlen Hand, in die Luft, als ob er dort etwas auffangen wollte, was ihm davongeflogen war.

Marie war heraufgegangen, sie hatte alle Schubladen aufgezogen, eine Menge kleiner Sachen lagen um sie her, und mit schnellen, geschickten Griffen ordnete sie dieses und jenes auf dem Tisch. Die Tür hinter ihrem Rücken ging auf, das waren Annas Tritte, sie zog die Brauen hoch.

„Ich bin's", sagte Anna. Marie drehte sich froh überrascht um. Das war eine unerwartete Stimme, überhaupt Anna hatte sich doch verändert, war erwachsen geworden, ein Mädchen.

Schweigend trat sie an den Tisch, sah Marie mit zu.

Auf einmal, Marie räumte ihre Strümpfe in den Korb, sagte sie: „Ach Marie, du hast so viele davon, und ich nur die dicken, grauen von Zuhause. Willst du mir nicht ein paar dünne, helle lassen?"

„Aber gewiß gerne", sagte Marie froh.

Sie packte weiter, da sagte Anna: „Verzeih, wenn ich noch etwas bitte. Aber sieh, du hast so viele Unterröcke, laß mir doch den einen, grünen, bitte, bitte."

„Freilich", sagte Marie ruhig. Sie packte fertig, schloß den Korb ab, räumte alles im Zimmer auf, kleidete sich an, dann sagte sie zu Anna: „Sei nicht böse, aber weißt du, für eine Person wie mich ist so einer wie dein Bruder auf die Dauer zu langweilig."

„Ich bin nicht böse, das verstehe ich sehr gut." Sie reichten sich die Hand, sogar ihre Gesichter näherten sich, ganz nahe. Aber dann sahen sie eins im Auge der anderen, winzig wie Stecknadelspitzen, Pünktchen, böse, widerwillige. Sie ließen sich los und gingen voneinander.

Eine Woche danach wachte Anna mitten in der Nacht auf. Sie sah sich verstört um. Sie war allein, lag angekleidet quer über dem großen, weißen, noch zugedeckten Bett. Marie war ja fort, Martin seitdem noch nicht aus der Schenke heraufgekommen. Anna richtete sich auf. Warum war sie aufgewacht? Sie legte sich wieder hin. Aber so einfach war es doch nicht mit ihrem Weiterschlafen. Da war doch dieser Punkt an ihrem Leib, der begann sich zu wehren, der war wach und hungrig, der jammerte, der klopfte und klopfte durch das nächtliche Zimmer. Was fiel ihm denn ein, sich so anzustellen, alles war doch abgestorben, es gab doch kein Herz mehr, warum klopfte es so wie ein Herz? Seufzend und widerwillig und todmüde, wie man einem ungezogenen Kind nachgibt, stand Anna auf und trottete in den Hof. Es war wieder kälter, die Pfütze war ein bißchen gefroren, aber nur so, daß es gleich krachte und naß in ihre Pantoffel lief. Anna ging die Hände auf dem Rücken im Kreise herum, immer hinter ihrem Schoß her.

„So einer war das, ich weiß es ganz bestimmt, nur, nur, nur das hat er gewollt, nichts, nichts, nichts anderes."

An der Kellertür stand der kleine Blonde, hatte kein Geld herunterzugehen, wartete auf Toni. Anna bemerkte ihn plötzlich, er sah so gleichmütig drein, so verschlafen und vergeßlich, und so blaß und mager war er, das flößte ihr Vertrauen ein, noch fast ein Junge, vor ihm brauchte sich niemand zu schämen. Sie trat schüchtern zu ihm heran, zupfte ihn am Ärmel. Er blinzelte, leckte sich ein bißchen mit der Zungenspitze, sie stiegen etwas tiefer, drückten sich einander. Der Blonde war ängstlich, horchte immer nach dem Hof. Er ließ sie los.

„Weißt du", sagte er, „ich verstehe mich nicht so darauf, aber es gibt doch noch andere hier, Gott sei Dank."

Anna trottete wieder herauf. Sie legte sich wieder über das Bett, auf den Bauch. Jetzt hätte sie wohl besser weinen sollen, sie machte also ein paar Bewegungen mit Hals und Schultern und Backen, fing an zu summen nach der Harmonika, die man ganz schwach hörte, und erwartete so den Morgen.

An einem Frühjahrsmorgen, Licht träufelte von irgend woher auf die Dachkanten, von den Dachkanten auf die Fenstergesimse, und von den Fenstergesimsen auf die Pflastersteine, lagen die roten Zwillinge und Toni und noch ein paar auf ihrem gewohnten Platz und versuchten etwas von der Sonne abzubekommen, die man noch mehr witterte als schmeckte. Es war schon wieder ganz still. Der kleine Junge, der immer zu spät kam — du lieber Gott, wie eng und verschossen war heute morgen sein grünes Jäckchen —, trabte durch den Hof, eine Brotrinde kauend, es hatte sowieso keinen Zweck mehr, sich abzuhetzen. Dann kam nichts mehr. Das Kätzchen tauchte auf zwischen den Pflastersteinen, spielte mit den Sonnenringen. Die Frau, die ihr Bett ausgeschüttelt hatte, schaute, bevor sie zurücktrat, erst mal in die Luft. Der rote Strich quer über dem gegenüberliegenden Haus war röter geworden, wie alle Münder im Frühjahr.

Auf einmal hüpfte das Kätzchen zwei Schuhen entgegen, die in der Torfahrt auftauchten, zwei neuen Gefährten.

„Aber das ist ja Grubetsch!“ sagte Paul bestürzt, „wo kommt denn der her?“ Alle drehten die Köpfe herum.

„Ei, Grubetsch", sagte Sebalds Frau zuerst, da die Männer schwiegen. „Wo kommst denn du her mit Siebenmeilenstiefeln?" Grubetsch setzte sich auf die Treppe, die beiden Zwillinge rückten auseinander. „Hat mich noch mal hergezogen." — „Ja, aber du mußt doch schon an der Grenze gewesen sein." — „Nun, und —" „Und dann nochmal umzukehren, so mir nichts dir nichts."

Grubetsch krümmte den Rücken, stützte das Kinn auf die Knie und döste in die Sonne. Alle um ihn herum schwiegen und betrachteten, was sie gerade von ihm sahen. Auf einmal fing Grubetsch an zu lachen. „Wird sich schon lohnen, daß ich gekommen bin." Er legte den Kopf auf die Knie, und die anderen betrachteten ihn wieder verdutzt und mißtrauisch.

Dann hob er wieder den Kopf und sagte: „Bald geh ich weg und komm dann nicht wieder vor Winter." Er sah gerade in Pauls Gesicht. „Hör' mal, Paul, wenn ich wiederkomm, ein bißchen ungemütlich war's doch zuletzt da drunten, dann kann ich wohl bei dir unterkommen?" Paul drehte an seinem Knopf, „ja freilich kannst du, warum sollst du nicht können — aber weißt du, das ist so eine Sache, nämlich wir sind inzwischen zusammengezogen, die Frau und ich, eine richtige Familie sind wir, der Kleine ist ja auch da, und außerdem — jetzt bin ich stark auf Arbeit aus, und meine Frau hat so einen Bekannten, und ich werde schon was finden!"

„Nun gut, Paul, was redest du lange, vorerst kommt ja noch der Sommer." Er stand auf und ging durch den Hof, auf Munks Treppe zu.

Sebalds Witwe sagte: „Paul, das hättest du nicht sagen sollen." „Quatsch, was sonst —" „Nein, das hättest du nicht sagen sollen. Mit meinem ersten Mann war's genau so, zuerst eine ganz große Freundschaft, ein ganz großes Getue herüber und hinüber, ja weiß Gott, und was war das Ende." „Jetzt hör auf", sagte Paul. „Dein Mann, der hat sich in ein paar rote Zöpfe verwickelt und ist drin hängengeblieben, das ist alles." „Das ist gar nicht alles, und du hättest nichts sagen sollen." „Jetzt halt's Maul, sonst — — —"

Paul zog die Brauen hoch und fing mitten drin zu lachen an.

Nämlich, Munks Treppe herauf kroch ein Mann und stieß fast gegen Grubetschs Knie. Grubetsch drückte sich und wollte ihn vorbeilassen. Der Mann, das war Martin. Komisch, die letzten Wochen waren seine Arme und Beine so schrecklich lang geworden, man hätte beinahe Knoten herein schlingen können. Auch seine Kleider hatten so etwas Fahriges bekommen. Gar nicht wie Stoff, sondern wie nasses Papier. Sein Kopf streckte sich so weit vor, als ob er mit aller Gewalt diesem Elend von Körper davonfliegen wollte. Aber der unruhige, unsichere Blick seiner betrunkenen Augen wurde ruhig und sicher, wie er Grubetsch erblickte, Ja, es war beinahe so, als ob seine Arme etwas einschrumpfen, seine Kleider etwas steifer würden. Er wollte zuerst schüchtern um Grubetsch herum, aber dann besann er sich anders und kehrte zögernd zurück. Auf einmal sah er so aus, wie er immer ausgesehen hatte, vielleicht war das alles eine Täuschung gewesen, nur elender sah er aus, eingefallene Backen und vertragene Kleider.

„Aber da bist du ja wieder“, sagte er. „Und alle sagten, du wärst schon weg.“ —

„Ja, ich bin nochmal zurückgekommen.“

„Ach, das ist gut“, sagte Martin und trat dicht an Grubetsch heran. „Weißt du, Grubetsch“, seine Arme wurden wieder länger, und er wickelte sie um Grubetsch herum, „mir geht es nämlich sehr schlecht. Die anderen hier, weißt du, die verstehen das nicht so mit dem Schlechtgehn. Die meinen, wenn man nichts zu saufen hat, das wäre Schlechtgehn, aber das ist nicht so, wenn ich auch manchmal nichts habe, ich habe ja keine Stelle mehr, das ist ganz etwas anderes.“

„Schrei doch nicht so“, sagte Grubetsch und versuchte sich weich aus Martins Armen herauszuwickeln. „Schau, der Hof ist voll Leute.“

„Das macht ja nichts, Grubetsch. Nicht so viel macht das. Laß ihn voll Leute sein. Also das ist so mit dem Schlechtgehn. Zuerst meint man, es ginge einem darum schlecht, genau darum, aber dann kommt man dahinter, daß einem das darum schon egal ist, und daß es eben schlecht ist, weil es schlecht ist. Laß mich doch sprechen, Grubetsch, mit wem soll ich denn sprechen außer dir. Familie hab' ich keine und wenn ich auch hätte. — Das, was mir passiert ist, ist doch so was, wo ich mich dann schämen würde. Anverwandte habe ich auch keine, also sag' selbst, sprechen muß man doch mal, mit wem außer dir."

Über ihm wurde ein Fenster auf und zugeschlagen. Gleich darauf kam Anna durch den Hof gelaufen. Ihre Bluse rutschte aus dem Gürtel, die Brust aus der Bluse, sie steckte sie herein, sie rutschte nochmal heraus, jetzt ließ sie sie hängen. Sie faßte Martin an der Hand und zog, Martin hielt sich an Grubetsch fest. „Halt ihn doch nicht auf mit deinem Geschwätz", sagte Anna.

„Aber siehst du denn nicht Anna, er ist nochmal gekommen?"

„Ja, guten Abend, Grubetsch. Ärgert Euch nicht über sein Geschwätz." Sie schleppte Martin hinter sich her, sie kamen durch die Torfahrt. Sebalds Frau rief ihr was zu. Anna stieß ihr mit dem freien Ellenbogen vor die Brust, die Männer lachten hinterher. Anna drehte sich herum und schnitt ein paar Gesichter.

Grubetsch sah ihnen aufmerksam nach. Er setzte sich auf den Boden. Wozu war er da, er konnte gleich gehen, zu holen war hier nichts. Aber daheim war er doch.

Jemand sah ihn an, er schaute sich um, niemand. Doch, da kauerte Sebalds Kleiner. Grau und winzig, wie irgendein Pflastersteinchen. Er starrte den Grubetsch an. Ungeheuer rund und aufgerissen waren seine Augen, rund und gierig waren auch seine feuchten Nasenlöcher, wie ein zweites Augenpaar, weil das obere nicht ausreichte. Die Sonne lag in zwei Tupfen in seinen Augen. In diesen Tupfen war der Hof und die Fenster und Grubetsch. Grubetsch zwinkerte und schaute sich an. Da saß er zweimal mit übereinandergeschlagenen Beinen in seiner durchlöcherten Jacke, aber die Löcher waren sonderbare Gesichter und die Risse waren Mäuler.

Der Kleine rutschte weiter zu Grubetsch hin. Wie man Blumen hinter einem Gartengitter wittert, so witterte er mit seinen schwarzen sehnsüchtigen Nasenlöchern Fetzen und Risse, Wunden und Stiche, dort hinter dem Gitter der Erwachsenen. Auf einmal rief eine böse Stimme aus der Luft: „He, he, Sebald." Der Kleine zuckte zusammen und zog quer über den Hof. Wie klein er schon gewesen war — er war noch kleiner geworden. So wenig auf seine schrägen eingefallenen Schultern gehen mochte, es lag doch Gram darauf.

Sebalds Witwe sagte zu Paul: „Geh und red was mit ihm, fang ihn ab.“ Nach langem Hin und Her ging er herunter. Er fand Grubetsch noch an demselben Fleck. „Ich habe Geld, habe Vorschuß, komm, Grubetsch, zu Munk herunter.“

„Nein, wozu!“

„Ach Grubetsch, eigentlich hab' ich sie schon satt, die da mit ihrem ganzen Anhang. Aber jetzt sind wir mal zusammen, und das Möbel war schon da.“

„Ordentlich dick bist du geworden, Paul, einen mächtigen Bauch hast du.“

„Ach wo, das macht die Weste.“ „Ja, richtig, das ist Sebalds Weste. Wir haben sie zusammen gekauft.“

„Ihr zusammen?“ Komisch juckte die Weste auf Pauls Bauch.

„Ja gib acht, daß sie dir nicht noch was anderes vermacht von ihrem verstorbenen Mann.“

„Grubetsch komm, gehn wir zu Munk."

„Nein, sag ich doch."

„Worüber lachst du."

„Über dich Paul. Dein Bauch wird noch mal so dürr sein wie Munks Laternenstange."

„Was hast du bloß mit meinem Bauch." ‚Dieser Lump', dachte Paul, ‚warum ist er nicht weitergeschwommen, warum ist er zurückgekommen.' Paul schluckte.

„Was fehlt dir denn, Paul, sei fett oder dürr wie du willst, mir ist's eins."

„Also Grubetsch, gehst du mit?"

„Nein, nein, nein." Paul ließ Grubetsch stehn und machte sich davon, sein Hals war eng wie mit einem Strick drum.

‚Ich bin doch der Hübscheste und Stärkste im Hof', dachte er. ‚Viel hübscher und stärker als Grubetsch.' Er stampfte auf mit seinem großen neuen Schuh. Aber das Pflaster war so weich heute abend, und die Schuhe knallten nicht.

An einem drückenden staubigen Sommerabend, das Gewitter war vorübergezogen und die Sonne drückte in den Hof wie ein Mörser in einen Tiegel, trat der Schlenker aus Munks

Keller. Im gelben Sonnenschein lag der Hof vor ihm, jedes Staubkörnchen flimmerte. Da lag eine aufgerissene Blechbüchse. Die blähte sich und blinkte, ein fauler Geruch stieg aus dem Pflaster. ‚Warum bin ich nur gekommen', dachte der Schlenker. ‚Ich möchte daheim sein bei meinen Leuten. Nie mehr will ich her.' Er machte einen Schritt in den Hof, seine Knie knickten, er heftete den Blick auf die Büchse, die glänzte grell und silbern, seine Augen ekelten sich. Die Sonne drückte, als ob sie ihn ins Pflaster drücken wollte. Er war naß vor Schweiß. Er machte ein paar Schritte vorwärts, aber dann — nein, unmöglich war es, über diesen gelben Hof zu gehn, leichter über einen See. ‚Ich habe Angst', dachte der Schlenker, ‚aber es ist nicht die rechte Angst.' Er trocknete sich den Schweiß ab.

Er sah wieder auf die Büchse, die drüben in der Sonne schwamm, da juckte ihn etwas am Rücken, „jemand besieht mich, ist hinter mir her." Er durfte nicht stehenbleiben, die Angst trieb ihn mitten in den See, er machte die Augen zu, die Sonne drückte verrückt, aber eiskalt, jetzt war er bei der Büchse, dann konnte er nicht mehr weiter, er gab es auf, er ging unter, so war es gut, aus allen Fenstern sahen sie mit zu, wie er unterging, aber einer verfolgte ihn, war immer hinter ihm her, der ließ ihn nicht untergehen. Die Angst trieb ihn weiter, da drüben war der Hafen, die schwarze Torfahrt, vielleicht war das Glück ihm gnädig. Der hinter ihm trieb, er war schon nah, der Schlenker rang, ein bißchen Hof noch, aber so tief, da schwammen Papierschnitzel und Kirschenkerne, wer so leicht schwimmen konnte wie die. Er holte aus, jetzt war er da, wie ein schwerer kühler Mantel hing das Tor um ihn. Hier war es kühl und dunkel, er atmete auf. Gleich war er auf der Gasse, da fiel ihm ein, von der Gasse her war dieser dünne Lange das letztemal gekommen, er hatte ihn gewiß auch diesmal hereinkommen sehn, jetzt stand er draußen am Eck, paßte ihm auf. Nie mehr komme ich heim, sagte der Schlenker vor sich hin. Er erschrak. Zurück konnte er nicht mehr, das beste war, hier zu bleiben, versteckt im Dunkeln. Er setzte sich auf den Boden, das hatte er noch nie getan. Er fuhr zusammen, er hatte irgendwo ein Geräusch gehört, vielleicht der eine, der hinter ihm her war, aber hier war es dunkel, er hatte ihn aus den Augen verloren. Ganz vorn war ein dünner Lichtspalt, da lauerte der andre, aber umsonst. Der Schlenker blieb sitzen für immer und ewig. Hier war es so kühl, und obendrein, man konnte die Kiefer hängen lassen, niemand sah es. Er hatte auch Zeit, er konnte mal gründlich sich alles ausdenken. Er dachte an Zuhause, da warteten sie jetzt auf ihn, mochten sie warten, er hatte lange genug gewartet, er hatte gewartet auf hundert lustige Dinge, auf Tänze und Atemholen, nun saß er hier. Langweilig war das Haus, langweilig das Bett. Er dachte an seine Frau, seine Töchter, besonders die eine, große, die er gern mochte. Aber hier war es so kühl und dunkel, er dachte nach, er hatte sie gar nicht gern, sie war so dumm und dünn und geputzt, er faßte sie am Hals, trat ihr gegen die Beine, trat, trat. Er wischte sich den Schweiß ab, dachte nochmal an alle. Aber er konnte sich nichts mehr vorstellen, nicht mal die Frau, die war klein und fett, mehr wußte er nicht. Nur eins sah er vor sich, das war der Hund, der winzige weiße mit rosaner Schnauze, der lag unterm Tisch und wedelte. Er war rein und flockig, der Schlenker haßte ihn, er ließ seinen Zorn an ihm aus, er quälte ihn, er sengte seinen Schwanz. Der Hund winselte, er quälte ihn noch mehr, ganz erschöpft war der Schlenker.

Er seufzte erleichtert und hob seine an die Dunkelheit gewöhnten Augen. Da saß dicht vor ihm ein Mann, die glänzenden Augen fest auf ihn geheftet. Er hatte gewiß schon die ganze Zeit dagesessen, hatte alles gehört, alles gesehen.

Der Schlenker schlug nach hinten auf, ohne einen Laut von sich zu geben. Sein Mund war weit offen, zu einem Schrei, der gewiß der wildeste und sonderbarste seines Lebens geworden wäre, wenn er dazu gekommen wäre, ihn auszustoßen.

Grubetsch war die Treppe heraufgegangen, aufs Geratewohl zuerst, dann durch den Flur, dann stand er vor der Tür. Er klopfte an, Martin rief herein. Als ob ein Dunst wegging von seinem verschwollenen, verquollenen Gesicht, und Augen und Nase und Lippen steigen auf — so war es.

„Setz dich, Grubetsch."

Er nahm ein Bündel Kleider von einem

Stuhl, warf sie auf das Bett. Grubetsch sah sich um. Aus irgendeinem Grund hingen die Vorhänge von der Stange in Streifen herunter, als ob jemand mit einem großen Kamm durchgefahren wäre. Lahm waren Tisch und Stühle, blind die Fensterscheiben. Aber es gab auch Sachen, die vorher nicht dagewesen waren. Der Leimfang an der Lampe, in dem die Fliegen surrten, Ansichtskarten gegen die rissige Tapete gelegt, sogar ein neuer Spiegel neben dem alten, gesprungenen, der noch aus ebenfalls unbekanntem Grund hängengeblieben war.

„Es ist gut, daß du gekommen bist, Grubetsch", sagte Martin, seine Arme wuchsen schräg über den Tisch und gelangten zu Grubetsch, „wie gerufen bist du gekommen, ich fürchte mich".

„Fürchten, wovor denn fürchten?"

„Es gibt immer was zu fürchten; wenn man allein ist, fürchtet man sich vor allem. Heute soll doch der Schlenker kommen, jemand hat ihn gesehen. Wie, wenn er selbst zumirkommt, — ich kann ja nicht zahlen, wenn er kommt und ich bin allein, was dann. Nicht wegen dem Zahlen, mir ist alles eins. Aber wenn er so kommt, und ich bin allein, — nein, ich fürchte mich vor ihm, hast du mal seinen Daumen gesehen, Grubetsch?“

„Hier hast du Geld, Martin, wenn er kommt, gib's ihm und fertig.“

„Ach Grubetsch, so schöne, blanke, runde Dinger.“

„Was macht das, ich brauch's auf nichts. Nicht auf Essen, nicht auf Weiber. Komm, laß mich mal ausruhen.“

Martin warf das Bündel Kleider vom Bett auf den Boden. Grubetsch legte sich quer über das Bett.

‚Soll er sich nur legen, fest legen‘, dachte Martin, ‚daß ich nicht allein bin. Ich will die Augen zumachen, mich nicht regen, dann meint er, ich schlafe, läßt mich liegen. — Ich will ans Fenster gehen, gar nicht nach ihm sehen, dann wird er sich nicht regen, wird bei mir liegenbleiben.‘

‚Was ist das dort unten‘, dachte Martin, ‚was für ein Lärm und Laufen?‘ „Aber das ist ja der Schlenker!“ rief er plötzlich. „Grubetsch, da tragen sie den Schlenker! Ei schau, den Schlenker!“ (Jetzt hat er keine Angst mehr, jetzt kann ich gehen, jetzt will er hinunter, was Neues ansehen.) — ‚Warum habe ich's nur gerufen', dachte Martin, ‚jetzt wird er gehen wollen was Neues ansehen.'

Aber Grubetsch blieb liegen, schwieg. Martin blieb auch und schwieg auch. Er legte den Kopf aufs Fensterbrett. Nach einer Weile stand Grubetsch auf, Martin war eingeschlafen, die Kante schnitt ihm in den Backen, vorsichtig legte Grubetsch den Kopf zurecht, dann schlich er auf den Zehenspitzen hinaus.

Drunten in der Tür saßen die beiden roten Zwillinge, die Köpfe aneinandergelegt. Sie rückten auseinander, ließen Grubetsch durch. Sie steckten hinter ihm die Köpfe zusammen.

„Wie lange bleibt er?"

„Weiß nicht."

Grubetsch drehte sich plötzlich um, setzte sich zwischen sie. Heiß war es noch immer, schläfrig war er, rund um ihn herum war es auf einmal so still und leer. Über seinen vorgewölbten Rücken warfen sich die beiden Roten einen Blick zu.

„Jetzt muß ich runter", sagte einer zum andern. Sie standen auf, der Grubetsch sah ihnen nach, so kahl war es rechts und links.

Von der andern Seite her kam Sebalds Witwe. Ihre Bluse stand offen, obwohl nichts Besonderes an ihrem mageren Hals war. Fest zugezogen war der Gürtel, spitz die Schuhe, hell die Strümpfe. Gott weiß, auf was für Tänze sie an diesem gleichgültigen Sommerabend gerüstet war. Sie zog den Kleinen hinter sich her, erschöpft und traurig ließ er sich schleifen, von diesem zähen, bösen Strick von Arm. Er stolperte über die Blechbüchse, er hätte sie gern angeschaut, der Arm zog ihn weiter. Er erblickte den Grubetsch da drüben an der Tür, er zerrte verzweifelt an diesem Arm, seine Mutter hatte den Blick auf Munks Treppe, sie war in Gedanken schon drunten, sie hatte vergessen, daß da was an ihrem Arm schleifte. Die beiden Roten kamen daher. Alle drei blieben stehen, schwatzten und lachten. Die Zwillinge fingerten an ihrem Ärmel, ihrem fahrigen Haar. Da brauchte sie auch ihre beiden Hände. Sie vergaß den Kleinen, der rannte quer über den Hof zu Grubetsch.

Grubetsch hob den Kopf. „Nu?"

Der Kleine kam dicht an ihn heran.

„Mach nochmals so wie neulich."

„Was denn?"

„So."

„Ach so!" Der Grubetsch legte ihm die Hand unters Kinn. „Da. Was noch? Eine Nuß?" Der Kleine schüttelte den Kopf. Er legte eine Hand auf Grubetschs Knie, sucht an ihm herum. Auf einmal wurden seine Augen rund, er tappte mit dem Zeigefinger auf einen Knopf, der Grubetschs Jacke zusammenhielt, ein dicker Knopf aus Perlmutter. Grubetsch lachte, er zerrte daran. Der Kleine sperrte den Mund auf, seine Augen wurden dunkel vor Erstaunen, der Grubetsch riß den Knopf ab, die beiden Hälften seiner Jacke fielen auseinander von der bloßen Brust, das kümmerte ihn nicht, er gab dem Kleinen den Knopf.

Da rief plötzlich eine böse Stimme über den Hof. „He, Sebald, he!" Der Kleine fuhr zusammen, so schrecklich, daß es für sein dünnes, durchsichtiges Körperchen beinahe zuviel war. Er schlich zu seiner Mutter zurück, die schlug auf ihn los, sie schwatzte schon mit den beiden Roten, ihre Hände pufften und schlugen noch weiter.

Grubetsch fragte: „Sag' mal, Anna, wo ist die?"

„Gerade vor ein paar Tagen ist sie weggezogen! Aber nicht weit, ins Eckhaus, das ist doch besser so."

Am Abend ging Grubetsch die Gasse entlang, wurde hereingelassen. Er fragte nach Anna, ging hinauf. Sie stand angekleidet da, im Kommen oder im Gehen. Der Grubetsch sagte nicht mal Guten Abend, schaute in eine Ecke. Anna lief durch das Zimmer, er sah auf, kleine, helle Punkte standen in seinen Augen. Er sah sie an, ihre kleinen, zerdrückten Brüste, der kleine graue Bauch mit den blauen Flecken, rote, gepreßte Füße — nichts war übriggeblieben als der schwärzliche, dreieckige Schatten da unten von damals. Der Grubetsch schaute, hatte einen Riß durch und durch, beinahe so schrecklich wie Freude. Er nahm sie. —

‚Dieser Grubetsch versteht es doch besser als die anderen', dachte Anna. Auf und ab ging es. „Jetzt hol' ich das Letzte heraus. Gleich wird es zu Ende sein.'

Anna kniff die Augen zusammen, aber sie erkannte nichts, weit weg war das Gesicht, tausend Meilen weit. Nebel war dazwischen, undeutlich und verschwommen darin dies und jenes, glitzerndes Wasser, Wolken, Häuser am Ufer. „Da ist noch was an ihrer Stirn, das muß ich haben, und da ist noch was in ihrem Leib, das muß weg, das gehört mir."

‚Das ist ja alles ganz recht und schön', dachte Anna, ‚aber wenn er doch endlich aufhören würde, ich bin so entsetzlich müde.'

Wie er zurückkam, da war der Hof schon voll. Die Sonne glitzerte schon frech auf den grauen Gesichtern der Arbeiter, die noch erschöpft von gestern waren. Gar kein Abfall kam aus diesen Gesichtern für die jungen Dinger, die vornher trippelten, verdrossen und bitter, in ihren bunten Kitteln, die noch verschwitzt von gestern waren. Nun gerade erst recht drückte die Sonne den Wäschekorb der Frau auf den Kopf. Nur ein paar Schulkinder hüpften herum, sie wußten noch nicht, was die Sonne war, hielten sie für was Glitzerndes, Gelbes. Da kam auch Paul daher, er war so stark und großartig, ihm tat das alles nichts, er hatte eine neue Bluse, er ging zum erstenmal auf Arbeit, allein und breitspurig ging er, als ob er was Besonderes vorhätte. Er kam an Toni und den anderen vorbei, die lagen schon auf dem Pflaster, lachten. „He, Paul!" Paul wurde ein wenig matter, als ob er sich seines Vorhabens schämte. In der Torfahrt stieß er auf Grubetsch. Was kommt er ausgerechnet einher, wann wird er mal endlich fahren, der Hund.

Grubetsch legte sich hin. Kurz hinter Pauls Rücken kam seine Frau, lachte, schwänzelte auf die Gasse. Grubetsch stand wieder auf, sah hinaus, da klebte etwas am Fenster, hoch droben, was Kleines, Weißes. Grubetsch winkte hinauf, komm herunter.

Nach einer Weile schlich der Kleine, ein winziges Pünktchen, über den gelben Hof. Grubetsch nahm ihn bei der Hand. Sie gingen nach Munks Treppe, die anderen schielten.

„Da ist der Knopf", sagte der Kleine. „Der is mir, den geb' ich niemand."

„Ja, was klemmst du die Augen zu?"

„Hier ist so grell."

„Gehen wir herunter."

Drunten schaute sich der Kleine neugierig um, aber nicht viel, er legte den Kopf auf Grubetschs Knie, sah herauf, an ihm gab es mehr zu sehen.

„Willst du bei mir bleiben?"

„Ja."

„Willst du mit auf den Fluß?“

„Ja.“

„Deinen Husten wirst du verlieren, Kleiner, dein dünnes Hälschen. Einen wilden Teufel, einen gerissenen Lumpen will ich aus dir machen.“

„Ja.“

Auf einmal verzog sich das Gesicht des Kleinen in kläglicher Angst. Der Grubetsch folgte seinen Augen nach dem schmalen Hoffenster. Man sah zwei Beine über das Pflaster gehen. Sie kamen auf schwarzen, spitzen Dingern und steckten in hellen, dünnen Strümpfen.

„Das ist meine Mutter“, sagte der Kleine verzweifelt, „jetzt muß ich rauf.“

Am Abend kam Paul von der Arbeit heim mit geschwollenen Füßen. „Ich bin gar nicht gewohnt an soviel Laufen, und Fahren lohnt sich nicht.“ Seine Frau kam herunter, sie legte die Arme um ihn, er war so fest und braun, gut, daß er zurück war.

Auf einmal sprang die Frau hoch, Paul humpelte ihr nach, die Stiege hinauf. Sie klappten kaum die Tür zu, legten sich aufs

Bett. Im Zimmer war es noch heißer als im Hof, auf dem Herd brotzelte etwas. Die Frau stand auf, setzte sich vor den Tisch und legte den Kopf darauf. Vom Herd kam ein leiser angebrannter Geruch. Paul stand auch auf, setzte sich auch vor den leeren Tisch, der Geruch wurde stärker und erfüllte das Zimmer. Paul wollte noch mal aufstehen, ein Zipfel nasser Wäsche, die quer durch das Zimmer gespannt war, schlug ihm in den Nacken, er setzte sich wieder. Er sah die Frau an, da saß sie im hellen Sonnenlicht, alt und mager, mit ihren roten Flecken. Plötzlich erfaßte Paul eine rasende Wut. Aber gleich hatte er eine leise Übelkeit im Kopf, im Halse, etwas Widerwärtiges, Neues, was er noch nie gespürt hatte. Er bekam Angst und duckte sich. Da fiel sein Blick auf den Kleinen, der stand regungslos am Fenster, auf den Fußspitzen.

Sein kleiner Kittel war über den Rücken geplatzt, spitz und mager stach das Schulterblatt heraus.

Drunten im Hof stand der Grubetsch und winkte. Der Kleine schüttelte traurig den Kopf. „Ich möchte schon, aber sie lassen mich nicht." Der Kleine winkte zurück und lächelte ein wenig.

Auf einmal stand Paul auf und riß ihn zurück. Er fing an, auf ihn loszuschlagen, seine Wut wurde zur Verzweiflung, und er schlug, als ob ihm das nützen könnte. Draußen schaute Grubetsch nach dem leeren Fenster und drehte sich langsam um. Er ging auf die Torfahrt zu, da lagen sie zu viert. Gerade stand Toni auf, der Blonde schlürfte hinter ihm drein. Auch die Zwillinge standen auf, eins sagte zum andern: „Magst du leiden, wenn er sich zwischen uns setzt?"

Grubetsch legte sich in die leere Torfahrt.

Paul hatte den Gürtel umgeschnallt, er stand schon in der Tür, plötzlich hob der Kleine, der noch auf dem Bett lag und mit den Fingern spielte, den Kopf und sagte: „Laß mich auch runter, nur heut noch mal." Paul sagte „nein", der Kleine machte einen Laut, ohne Zähne, ohne Lippen, kein Knurren, kein Schluchzen. Paul drehte sich um, hob die Hand, der Kleine ließ die Mundwinkel sinken, eben war sein Gesicht klein und dumm gewesen, jetzt war es alt und finster. Paul senkte die Hand, lief heraus und schlug die

Tür zu. Nachher schlüpfte die Frau in die Schuhe. Jetzt kroch der Kleine aus dem Bett, faßte ihren Rock.

„Laß mich herunter."

„Nein."

„Doch, doch."

„Nein."

Die Frau zog den Schlüssel aus dem Schloß, der Kleine kam dicht heran, er hatte Angst in den Augen, aber er zwinkerte doch listig. Er schob sich in den Türspalt. Da faßte ihn die Frau mit einer Hand, drückte ihn zurück. Die Tür schlug zu, der Schlüssel krachte. Einen Augenblick blieb der Kleine betäubt stehen, dann weinte er auf, aber es blieb ihm nur im Hals stecken. Es war heiß und halbdunkel, das Fenster war geschlossen, die Läden angelehnt. Ein Gitter aus dünnen Sonnenstreifen lag auf dem Boden, Schatten reckten und streckten sich. Der Kleine fing an, sich zu fürchten, da kam gerade sein Husten, er legte den Kopf auf die Bettlade und hustete still und geduldig. Dann kam ihm ein Einfall, er legte sich selbst die Hand unters Kinn, das war gut. Dann holte er den Knopf aus der Tasche, er glitzerte, er hatte zwei Löcher, zwei Eingänge, man konnte hereingehen, drinnen glitzerte es wie außen, er hatte keine Ähnlichkeit mit diesem Zimmer und mit irgendeinem, das er je im Hof gesehen hatte. In der Ecke saß der Grubetsch, in seiner blauen, durchlöcherten Jacke, er war der Herr im Hause. Auf einmal krachte der Schlüssel, der Kleine steckte blitzschnell den Kopf in den Mund, dann in die Tasche. Die Frau kam, schlug die Läden zurück. Der Kleine zog die Stirn kraus, das war viel zuviel Licht, das tat weh. Gleich kam auch Paul, die Frau rührte etwas in einer Pfanne, sie setzten sich. Sie zogen den Kleinen vom Bett auf den Stuhl. Der Kleine betrachtete mit Widerwillen seinen Teller, auf einmal richteten sich seine Mundwinkel auf, er spitzte die Ohren, sprang ans Fenster. Pauls Arm holte ihn ein, er fing an zu schlagen, gar nicht verzweifelt wie das letzte Mal, frische, muntere Schläge; der Kleine fing zu husten an. Paul hörte auf, der Kleine lächelte verlegen.

Morgens stieß Grubetsch auf Sebalds Witwe. „Wo ist der Kleine?“ Die Frau sah ihn böse an. Aber dann holte sie Atem und erzählte bereitwillig. „Ich habe ihn weggebracht. Erstens, Paul hat ihn nicht mögen. Er erinnerte ihn immer an meinen Mann, das tat nicht gut; zweitens, es ist so heiß, und er hustet, und da ist eine Schwester von meinem ersten Mann vor der Stadt, da ist er — —“

Sie sahen sich an. Sie trat dicht an ihn heran. Sie putzte ihr Gesicht rot auf. „Mir ist alles eins“, sagte sie, „was kann ich dazu, daß es so heiß und langweilig ist.“ Da merkte sie, daß Grubetsch gar nicht sie ansah, sondern das Kätzchen hinter ihr auf dem Fenstersims. Sie lief zornig weg.

In der Nacht kam der Grubetsch über den Hof. Er ging fort. Es war kühl und still. Seine Schritte schallten, irgendwo oben hustete jemand, dann war es vollkommen still. Er war schon an der Torfahrt, da hörte er in der Luft ein dünnes, klägliches Stimmchen. Er sah herauf, da war vielleicht ein kleines, weißes Fleckchen, er sah schärfer, nichts war, blind und dunkel war das Fenster, wie alle übrigen. Da ging er fort, widerwillig und unschlüssig.

Irgend jemand, der keinen Schlaf hatte,

vielleicht der mit dem Husten, hörte die Tritte und sah heraus. Morgens sagte er denen auf dem Flur: „Der Grubetsch ist weggegangen!“ Am Abend wußten alle davon. Wie Paul in den Hof kam, lief ihm seine Frau entgegen: „Weißt du schon, der Grubetsch ist weg!“ Paul nickte, heute war es schon besser als gestern, die Füße waren weniger geschwollen, die Hitze hatte nachgelassen, oder man war gewöhnt dran. Seine Frau lief von ihm weg zu den anderen, sie war sehnig und flink und gar nicht so übel, das sah man auch in den Augen der roten Zwillinge.

„Mein Kleiner“, erzählte sie, „der ist nämlich droben, der ist gar nicht weg, den hab' ich eingesperrt.“

Paul lachte: „Du bist schlau!“

Sie drückten sich aneinander, alle rückten sie ganz dicht zusammen. Dann sprang Paul auf, sie drehte sich um sich selbst. Der eine Rote wiegte den Kopf, seine Harmonika lag drunten bei Munk, aber er zog mit den Händen die Luft auf und nieder und brummte dazu. Gar zu lange war es drückend und verdrießlich gewesen. Freude mußte man herbeilocken, wenn sie nicht von selbst kam. Der

Rote zog und brummte, Pauls Frau drehte sich schneller, ein paar machten mit, andere ärgerten sich, aus den Fenstern hängten sie die Köpfe, Munks Laterne ging an.

Munk hatte gesagt: „Hier kann nur bleiben, wer was bestellt, ich bin kein Pfarrer, hier ist keine Kirche, ich kann nicht alle aufnehmen."

Von Zeit zu Zeit kam ein Neuer, hinter sich einen Türrahmen voll Dunkelheit und Kälte. Einen Augenblick stand er ratlos, betäubt und geblendet, fiel steif auf die Bank und fing plötzlich, berauscht von Lärm und Wärme, selber zu lärmen und zu lachen an. Mancher setzte sich gar nicht, sog sich nur mal voll und stürzte zurück auf die Gasse. Der Rote spielte immer schneller, als ob er verbergen wollte, daß schon mehr gingen als kamen, daß die Lichter abgedreht waren und der Ofen kälter wurde. Gähnend stellten die Mägde die Stühle auf die Tische und fegten den Boden. Der Rote blieb auf dem Tisch sitzen und spielte weiter in einem Spinnweben von Rauch. Um ihn herum wiegten sie die Köpfe:

„Wenn er nur nicht aufhört!"

Da ging die Tür doch nochmal auf. Noch einer kam mit frischer Kälte und ganz hellem Tageslicht. Das war der Grubetsch. Der Rote brach ab. „Guten Morgen!“ — „Spät dieses Jahr!“

„Ja!“

„Das ist eine Kälte!“

„Ja!“

„Setz dich und trink!“ Der Grubetsch setzte sich, rieb sich die Hände. Dann trank er. Alle sahen ihn an und dachten: „Wen wird er jetzt ansehen?“

Der Grubetsch sagte: „Spiel weiter, Roter!“ — Der Rote fuhr zusammen. Etwas Dünnes, Klägliches kam aus der Harmonika. „Spiel weiter!“ sagte der Grubetsch. Der Rote spielte, das waren so zerbrechliche, bebende Töne, er hatte Angst vor seinem Lied. Er brach ab, ängstlich sah er auf den Grubetsch. Aber Grubetsch merkte gar nichts, er sagte: „Nun, was gibt's Neues, Paul?“

„Nichts, was soll es geben, Arbeit hab' ich keine mehr.“

„So.“

Dann sagte er: „Hier ist ein Knopf, der gehört dir.“

„Ach ja."

„Er ist nämlich gestorben, der Kleine!"

„Wann denn?"

„Im Sommer."

„Bei der Tante?"

„Bei welcher Tante? Ach so, ja bei der Tante."

Grubetsch schwieg. Dann sagte er: „Dann habt ihr wohl auch eine Schlafstelle?"

Pauls Frau sagte schnell: „Ach nein, Grubetsch, weißt du, der Rote, der Kleinere, der schläft jetzt bei uns."

„Ach so." Grubetsch sah auf den Roten, der zog die Schultern hoch. Grubetsch trank sein Glas leer, nickte und stand auf. Hinter ihm steckten sie die Köpfe zusammen. Der Grubetsch drehte sich um, ihre Köpfe fuhren auseinander, aber der Grubetsch nahm nur den Knopf vom Tisch, den er liegengelassen hatte, und steckte ihn ein. Dann ging er.

Paul schrie plötzlich auf: „Man sollte einen N a g e l in seine Luke schlagen, daß er nicht mehr herauskann." Seine Frau sagte: „Kannst dich ja drauf setzen."

Munks Ofen war aus, die Mägde schon lange fort. Die Sonne blinkte durch die Kellerfenster, die sonderbare Wintersonne, die hier und dorthin rote und gelbe Flecken malte, die nach wunder was aussahen. Die Kälte tat weh wie Hundebisse. Paul sagte: „Komm." Er lief hinaus, seine Frau hinter ihm drein. Mit zugepreßten Lippen stiegen sie durch den Hof, die Treppe herauf. Dumpfe, alte Kälte schlug ihnen entgegen, grau und erfroren hockten Herd und Möbel. Sie legten sich auf das Bett, faßten sich an, ließen sich los, faßten sich wieder an, ließen sich wieder los, faßten sich wieder. Sie hatten keine Lust, aber eine Faust faßte sie von außen, stieß sie ineinander, wie sehr sie sich wehrten. Nachher setzte sich Paul auf, er war etwas wärmer, sah sich um. Er blickte auf den Tisch, ein öder, kahler Tisch, nichts war drauf als eine dünne runde Eiskruste, wo gestern der Topf gestanden hatte.

Die Frau fing an: „So ein Winter, den hätte der Kleine sowieso nicht ausgehalten, wie?"

Paul erwiderte: „Das kann man nicht wissen."

Irgend jemand fragt den Roten: „Ist eigentlich der Grubetsch da oder ist er nicht da?“

Der Rote sagte: „Er ist da.“

Pauls Frau sagte: „Wenn er da ist, soll er schon mal kommen.“

Paul sagte wütend: „Warum kommt er nicht?“ Der Rote sagte: „Da drunten ist er. Er schnauft und raschelt.“

In der Nacht wachte Paul auf. Er fuhr hoch, es war kalt und finster. Er hatte etwas in der Kehle, etwas Wehes, Widerwärtiges. Er tappte, die Dunkelheit würgte ihn, er bekam Angst, lief ans Fenster. Er hing sich heraus, die Kälte schnitt wie ein Messer, er starrte durch die Nacht auf einen Fleck, auf Munks Treppe. Auf einmal sah er: gegenüber war noch ein Fenster auf und noch jemand hing sich heraus und starrte nach demselben Fleck. Schräg unterm Dach war noch ein Fenster auf und noch ein Gesicht: der Rote. Paul legte sich wieder, er weckte seine Frau. „Der Grubetsch, was glaubst du?“ — „Was weiß ich?“ Die Frau schlief wieder ein. Paul horchte in seine Kehle, jetzt war das Widerliche weg von dort, es war auf einmal in der

Stirn. Paul fing leise zu pfeifen an, um zu prahlen vor der Angst, die dort hinten im Dunkeln saß und ihn beobachtete.

Drunten lag der Grubetsch und schlief. Wozu sollte er dort oben herumschlendern? Mochten die Zwillinge rotes oder schwarzes Haar, mochte Paul seinen Bauch fett oder mager tragen, was lag ihm daran? Grubetsch schlief weiter. Wenn Munks Ofen ausging, kam die Kälte, da wachte er auf. Die Kälte stieg ihm von den Zehen zu den Knöcheln, von den Knöcheln zu den Knien. Hätte er deshalb heraussteigen und mit den anderen stampfen sollen? Er hatte ja Zeit. Es würden schon mal Schritte über seinem Kopf auf der Treppe sein, neue unbekannte. Dann konnte er noch immer heraufgehen, in der Torfahrt oder im Flur, im Hof oder auf der Treppe würde jemand ihn im Vorübergehen mit dem Ärmel streifen. Irgendwo würde dann schon ein Ofen um seinetwillen angezündet, ein Band durchs Haar gezogen werden. Vielleicht kamen schon im nächsten Augenblick solche Tritte über das Pflaster. War es da nicht besser, allein zu liegen und die Kälte von den

Knien zum Gürtel steigen zu lassen? Er setzte sich auf und schwenkte leise den Oberkörper hin und her, wie auf dem Flusse. Dann schlief er wieder ein.

Sie trafen sich alle auf der Treppe. Der Rote sagte: „Kälte im Hof ist besser als Kälte im Zimmer.“ Sie drückten sich in einen Klumpen.

Plötzlich fing Pauls Frau zu prahlen an: „Komm doch, Grubetsch, komm! Sebald ist weg, der Kleine ist weg! Ich bin kein Schlappschwanz, ich bin zäh, mir ist alles eins. Es ist lustiger, wenn du da bist, komm! — Mir liegt an nichts was!“ —

Paul gab ihr einen Tritt, sogar der Blonde hatte etwas wie Verachtung in seinem graublonden, eingefrorenen Gesicht. Er hatte den Arm um Tonis Hals, zwischen zwei Finger hatte er sein blaues Ohrläppchen, viel war es nicht, was er zu verlieren hatte, aber doch besser wie gar nichts.

Sie sahen schweigend vor sich hin. Paul dachte: ‚Alle frieren, alle haben Angst. Aber ich habe doch noch was Besonderes für mich, dieses widerwärtige Ding in der Kehle, das hat keiner, nur ich allein.‘ Er sah nach rechts und nach links, hier war Toni und dort der Blonde. Sie sahen stumm vor sich hin, als ob sie irgendeinem Gedanken nachhingen, durchdringender als Kälte und Hunger.

‚Wer weiß‘, dachte Paul, ‚die haben vielleicht auch so was in der Kehle oder woanders.‘

Eines Nachts wachte der Grubetsch auf von einem unbestimmten Lärm hinter der Bretterwand. Die Harmonika spielte, und die Fäuste schlugen den Takt auf den Tisch, die Füße auf den Fußboden.

Immer schneller flog die Harmonika, wie ein Blasebalg. Funken stoben gewiß nach allen Seiten. Irgend etwas mußte in ihre Glieder gefahren sein, ein neues, unerwartetes Glück mußte plötzlich in Munks Keller aufgetaucht sein, eine wilde, unsinnige Hoffnung mußte einen Umschwung in den Herzen bereitet haben. Der Grubetsch horchte gespannt, so eine Hoffnung mußte das sein, daß es ihn beinah ansteckte. Er erwartete, daß die Bretterwand reißen und alles vor ihm stehen müßte. Er hatte plötzlich Sehnsucht nach diesem Geruch von Schweiß und Rauch, von Essen und Atem, der den Keller erfüllte wie der Geruch von Stroh und Fell einen Schafstall. Solches Verlangen hatte er nach diesem Geruch, daß es fast eine Qual war.

Er hatte auch Lust nach Munks Licht, er hatte Angst, daß dieser niedergebrannten trüben, gelben Laterne etwas zustoßen möchte, bevor er seinen Kopf daruntergesteckt hatte. Er fürchtete, die Leute möchten auseinandergehen, bevor er sich zwischen sie drücken könnte, rechts und links ihre Schultern und Hüften spüren. Einen Augenblick lag er regungslos, er dachte, das müßte alles von selbst zu ihm kommen.

Dann sprang er auf und stürzte heraus.

Wie die Tür aufging, rissen alle die Köpfe herum und wurden sogleich still. Das Gesicht von Pauls Frau überzog sich mit roten Flecken. Sie sahen nach Grubetsch, der blinzelte betäubt gegen das Licht und fiel auf den nächsten Stuhl. Er war klein und grau wie immer, verfroren und hager wie alle Gäste im Winter. Er machte mit der Hand: zu Trinken! Munks Magd stand langsam auf, füllte ein Glas, stellte es hin, und zuckte den Arm zurück, wie man einem Tier eine Schüssel hinstellt. Grubetsch hob die Hand, fuhr ihre Hüfte herunter, das Mädchen blieb steif stehen, er fuhr nur mal so, ließ sie gleich wieder, sie kehrte zurück. Die anderen schwiegen noch immer, betrachteten Grubetsch. Da saß er allein, gerade vor ihnen, man konnte ihn gut betrachten.

Er trank einen Schluck, schob das Glas weg und legte den Kopf auf den Tisch. Die Wärme machte ihn müde, wie irgendeinen, der lange gefroren hat. Langsam gingen die Flecken weg aus dem Gesicht von Pauls Frau. Paul schluckte, seine Kehle war frei, leise fing Toni an auf seiner Harmonika in dünnen gewöhnlichen Zügen. Sie schielten auf Grubetschs Rücken, böse und gründlich betrachteten sie ihn, wie ein alter Stein am Wege liegt, hatte er im Hof herumgelegen. Jetzt, als ob er anfing abzubröckeln, glitt der Kopf nach vorn und die Schultern nach den Seiten. Sie kannten ihn gut, sie haßten ihn, oft hatte er vor ihnen gesessen in der blauen zerschlissenen Jacke, war vor ihnen durch die Sonne gegangen, gleichmütig in der Torfahrt verschwunden. Jetzt hatten sie

Zeit, ihn genau zu betrachten, schwer und müde lag er über dem Tisch, wie alle erschöpften Rücken.

Auf einmal sagte Sebalds Frau leise: „Jetzt kann man ihn los werden.“ Der Blonde ließ seine Zungenspitze hervorschnellen. Die beiden Zwillinge standen auf und setzten sich an den andern Tisch, Grubetsch gegenüber. Auch die anderen gingen herüber.

Jemand setzte sich neben Grubetsch, das war gut, jemand neben sich zu haben. Dieser andere berührte ihn. Grubetsch schaute auf, das war ein Gesicht, er war schläfrig, das war Pauls Gesicht, er sah aufmerksamer hin. Es war nicht der richtige Paul, vielleicht nur einer, der Paul sehr ähnlich sah. Sein Gesicht war nicht ausgefüllt und aufgebläht, es war immer noch breit und braun, aber es gab nicht mehr Fleisch genug darin, um alles zuzudecken. Der Winter hatte es abgenagt. Hunger und Angst lagen bloß und schamlos darin. Dieses Gesicht gefiel dem Grubetsch, mit diesem Paul konnte man sich einlassen. Paul war auch erregt, Grubetsch war zu schläfrig, ihn zu beschwichtigen. Er sah auf, noch andere waren an seinen Tisch getreten, ein weißes Band von Gesichtern, rund um ihn geschlungen. Das war gut, genug war es noch nicht, das wußte Paul, er rückte ganz dicht an ihn heran, legte den Kopf an seine Schulter. Grubetsch zog die Beine hoch, um sich recht in Paul hineinkauern zu können.

Paul legte den Arm um Grubetschs Rücken, von ihm, Grubetsch aus, hätte er zwölf Arme haben und sie alle zwölf um Grubetschs Rücken legen können. Pauls Arm strich sogar langsam seinen Rücken herunter. Seine Hand fuhr leise nach Grubetschs Stiefel, zog das Messer heraus und setzte es unter Grubetschs Schulterblatt an und drehte es doppelt um sich selbst. Die anderen bückten sich über den Tisch, schleiften Grubetsch darüber und stopften ihn s c h n e l l weg, irgendwohin.

Es wäre noch schneller gegangen, wenn Grubetsch nicht ein Stück Holzleiste aus der Tischplatte gebrochen und zwischen den Fingern behalten hätte. — Paul hatte, aus irgendeinem Grunde darüber in Wut geraten, mit aller Kraft versucht, es ihm aus der Hand zu reißen. Nun stand er unschlüssig mit diesem Stück Holz in der Hand, die anderen warteten gespannt, was damit geschehen sollte. Da warf er es schließlich nach dem durchlöcherten Kätzchen, das im Kellerfenster saß und alles mit angesehen hatte.

Im Hof fragten sie wieder: „Wo ist denn Grubetsch?“ Der Rote sagte: „Der ist schon weg!“ Sie wunderten sich, vergaßen es über den Sommer. Dann erwarteten sie Grubetsch wie jeden Winter. Zwar war es schon spät, sie wurden unruhig, aber er kam nicht. Sie warteten auch den Sommer über, aber dann sagte Pauls Frau, daß man nicht mehr zu warten brauchte, und die anderen stimmten ihr bei. Niemand wartete mehr, höchstens wartete irgendwo irgendein junges Ding auf einen roten Fleck im grauen Pflaster, auf einen Ton in der Stille, auf ein Ereignis, das aus der Luft bricht wie ein Traum aus dem Schlaf, auf irgend etwas, möchte es sein, was es wollte, selbst ein Unglück.

Zwar ereignete sich noch immer manches: einer der roten Zwillinge ertrank im Fluß, Pauls Frau nahm einen Liebsten, und Paul prügelte sie, wie Sebald sie geprügelt hatte. Toni schrumpfte zusammen und kaute seine Nägel. Eines Morgens nämlich war ein Scherenschleifer in den Hof gekommen und hatte nach dem Weg zur Brücke gefragt, der Blonde hatte sich erboten, ihn zur Brücke zu bringen, er war mitgegangen, aber nicht mehr zurückgekommen.

Aber das waren gewöhnliche Liebschaften, gewöhnliche Tode.

BAUERN VON HRUSCHOWO

IN alten Zeiten maß man auf den Karpathen den Wert eines Mannes nach den Axthieben, die er brauchte, um einen Baum zu fällen, so stark, daß ihn seine Arme noch eben umfassen konnten. Wie groß muß diese Leidenschaft in den ersten Menschen gewesen sein, die aus den geordneten, ja heiligen Städten in der Ebene bis zu dem Waldrand und mitten in die Wälder hinein drangen. Diese Leidenschaft, die den Menschen über sich weg zu den phantastischsten und wunderbarsten Handlungen hinreißt: der Hunger. Wo Menschen einmal hingeraten, bleiben sie hängen. Die mächtigen Wurzeln der Bäume waren in die Hütten verflochten in die Stuben herein. Die Bauern brachten ihr Holz und Geräte aus Holz in die Städte. Die Wölfe zogen sich zurück, weniger vor den Kugeln, als vor dem Holzschlag und dem Knirschen der Sägen und allen Tönen der menschlichen Gemeinschaft. Sie konnten nur hie und da ein

Schaf zerreißen und im Winter in die Höfe kommen, die Menschen hatten besser zusammengehalten und waren überlegen.

Als im 18. Jahrhundert der Rakozi-Aufstand gegen die Krone ausbrach, waren die Karpathen-Bauern stark und mächtig, daß ihre Gefolgschaft ins Gewicht fiel. Der Aufstand ging verloren. Zur Strafe für ihre Hilfe nahm ihnen die Krone den Wald. Sie erklärte den Wald als Krongut und besetzte den Kamm der Karpathen mit Wachttürmen. In der ersten Zeit rotteten sich die Bauern zusammen und brannten die Türme aus. Sie erschlugen die Pachteinnehmer. Er erschien ihnen unmöglich, daß ihnen der Wald genommen wurde, in den ihre Väter mit eigenen Leibern Pfade hereingepflügt hatten.

Ihre Kinder waren nicht umsonst dabei gewesen, wie die Väter getötet oder weggeführt wurden. Sie wehrten sich ebenso, aber ihr Wehren war schon etwas Vereinzeltes, etwas Bewundertes. Aus diesen Jahren stammten die Gesetze, welche bestimmten, daß Wilddiebe gehängt und beim Baumfällen betroffene Hände abgeschlagen und mit der Axt auf dem Dorfplatz ausgestellt wurden. Viele solche

Hände wurden ausgestellt, aber ebenso viele versteckten die Äxte in den Scheunen.

Das neue Geschlecht von Waldbauern lebte in Hütten von Lehm und faulem Holz und ließ das magere Vieh auf der Dorfhalde weiden. Es zahlte mit seinem eigenen Blut, aber pünktlich die Pacht. Manchmal holten sich noch welche das Ihrige aus dem Wald. Aber das waren Wagehälse und Wennschon-dennschon-Kerle, den Ersten zu vergleichen, die in alter Zeit heraufgestiegen waren; bloß war jener Weg ein Anfang gewesen und dieser war ein Ende. Die Waldbauern vergaßen ihren Ursprung, obwohl er nicht weiter zurücklag, als sich sonst Männer ihrer Geschichte erinnern. Ihre Körper hatten nichts mehr, sich dagegen zu stemmen und wurden schwach, ihre Gedanken wurden träge.

Im Weltkrieg wurden die Männer als Grenzler möglichst entfernt, auf ganz entlegene Kriegsschauplätze geschickt. Das Leben floß weiter, in dünnem, aber zähem Faden. Manches der Dörfer wurde weggesprengt, mit dem Berg, an dem es klebte. Andere Dörfer dösten im Kanonendonner weiter, unbewegt, in der Gewohnheit des Elends. Manchmal entlockte eine Nachricht dieser und jener Dorfgasse einen heftigen Schrei. In jedem Schlaf hämmerte der Marsch der Armeen über die Gebirgspässe. Zuweilen in der Nacht öffneten die Frauen Türe und Röcke den Flüchtlingen von jenseits der Berge. Die Backenknochen zerspannten die Haut. Der Hunger war schon ein Teil des Lebens, nichts mehr zum Klagen. Der einbrechende Winter mußte alles auslöschen.

Die Woytschuk in Hruschowo lag auf dem Bett, um zu gebären. Eine der Nachbarinnen steckte Licht an, die andere verscheuchte die Hühner. Dann beugten sie sich über die Frau und redeten ihr zu, zu schreien. Aber die mühte sich stumm, wie man sich müht um Dinge, die einem eins sind und von vornherein zwecklos. Der Mann war vor neun Monaten daheim gewesen, sie wußte längst nichts mehr von ihm. Über dem Gesicht der Nachbarin, weit weg, in verlöschenden Ringen, kreiste das winzige Lichtchen in der unendlichen, ganz vollkommenen Dunkelheit der Welt. Keine von den Frauen hörte Soldatenschritte auf der Dorfstraße. Woytschuk erschien auf der Schwelle seiner Stube gerade in dem Augenblick, in dem in Hruschowo ein Vater in die Wochenstube kommen muß: wenn man die Nabelschnur durchschneidet.

Aus der zusammengebrochenen Armee strömten die Menschen in ihre Heimaten. Woytschuk stutzte, lachte und trat ganz in die Stube. Aller Glanz aus dem ausgesogenen Körper der Frau, ihrem ausgewarteten Herzen, glühte auf in zwei winzigen Punkten, in ihren Augenwinkeln. Woytschuk berührte die Frau und drehte sich nach dem Kind. Das Kind wurde gewaschen und in den Korb gelegt. Er setzte sich vor den Tisch und umfaßte den Korb mit seinen beiden Armen. Das dünne Geschrei übertönte alle Schreie in seinem Kopf, Schreie von allen in Todesangst zurückgeworfenen Leibern. Woytschuk hatte aus der Armee noch etwas anderes mitgebracht als Läuse im Pelz. Dieser Korb voll Leben gehörte zu ihm, war von seiner Art, ja noch mehr, seiner Klasse. Woytschuks Blick blieb schließlich am Alleräußersten hängen, dem Weidenkorb. Er stand plötzlich auf und ging aus der Stube. Er ging in die Scheune und langte sich eine Axt. Er stieg in den Wald und schlug zu.

Drunten auf der Halde lagen ein paar Männer

beim Vieh. Beim Klang der Axt schnellten ihre Köpfe zurück, eine Minute lang standen ihre Kinne in der Luft. Ein alter Mann ging zuerst von den andern weg, den Berg hinauf. Der Baum lag auf der Erde. Woytschuk stemmte sich und hackte die Zweige. „Woytschuk!" „Da bin ich." „Was machst du?" „Eine Wiege." Dem Alten fiel das Kinn vor Erstaunen herunter. Er vergaß es hochzuziehen, der Speichel lief heraus. Woytschuk hackte weiter. Der Alte fragte: „Darf man das?" Woytschuk drehte sich schnell um. Er fing zu lachen an. Der Alte wischte sieh verwirrt mit beiden Fäusten den Speichel aus den Mundwinkeln. Er sah von unten in Woytschuks Augen herein. In Woytschuks Augen sah der Alte alles in allem, den Wald wie er war, braune und grüne Falten der Berge, abgerissene Wolken, ein roter Tupfen, das Dorf. Seine Blicke tauchten tief in diesen Augenwald. Er lag nahe und greifbar unter Woytschuks Brauen. Der Alte drehte sein Gesicht von Woytschuks Gesicht weg gegen den Berg. Der Wald war verändert.

Nach einigen Tagen stieg ein Haufen Bauern das alte Bachbett, eine fast senkrechte Mulde, bis zum ersten Wachtturm herauf. Woytschuk war unter ihnen, der alte Sedoriak, Lakata, Iwan Ruschtschuk, lauter Frischheimgekommene. Der kleine Ruschtschuk, ein Fünfzehnjähriger, wedelte um den Soldatenbruder, betupfte manchmal dessen ledernen Gürtel. Die Kriegsjahre hatten seinen braunen Gliedern nichts zugesetzt, bloß in die Länge gezogen, zu dürren Strängen. Gestern hatte der plötzlich heimgekommene Bruder mit ungeheurem Knall die Tür aufgeschlagen, aufgeschlagen die taube, in der schimmeligen Stube eingedumpfte Stirn des kleinen Ruschtschuk. Ungeheuer groß hatte der Bruder auf der Schwelle gestanden, hoch über der Mutter und Brüdern und Schwestern und Hühnern und Ziegen, in den mächtigsten Schäften der Erde, faustdicke Kotklumpen von fremden Landstraßen. Unter seinen ausgebreiteten Armen entwich durch die offene Tür in einem Zug die aufgespeicherte Luft mit den Seufzern der Mutter, dem Wimmern der kleinen Kinder, dem kranken Blöken des Kälbchens, alle abgestandene Langeweile des Hungers. Der Kleine hielt sich im Steigen dicht am Bruder. Er wunderte sich nicht, daß alles anders war. Er wartete nur noch auf mehr.

Drunten im Dorf horchten die Weiber nach dem Holzschlag. Er holperte zuerst, wurde hartnäckig und gleichmäßig. Das Echo riß sich los und sprang in die Berge. Die Männer hielten ein und horchten verwundert nach dem Echo, das in der Luft erstarrt schien. Sie sahen sich lächelnd an: in den anderen Dörfern waren sie auch in den Wald gegangen. Wie sie am Abend heruntestiegen, Ruschtschuk und Woytschuk voran, wurden sie angerufen. Gendarmen traten in die Mulde. Sie blieben gegeneinander stehen, Gesicht gegen Gesicht. Jeder Punkt schien den gegenüberliegenden Punkt zu wägen. Ihre Blicke verharrten gegeneinander. Die Knöpfe ihrer Röcke schienen sich anzublinken. Ein kleines Lächeln hüpfte aus den Augenwinkeln in die gegenüberliegenden Augenwinkel, wechselte kreuzweise von Augen zu Augen. Inzwischen hatten die Bauern sie eingeholt, blieben im Rücken stehen. Woytschuk setzte den Fuß, die Gendarmen traten zur Seite.

Die Lichtung über der Halde wurde breiter. Die Dörfer waren wie ausgedürstet, tranken Holz. Die Hütten waren so morsch, daß sie sich an den Schultern der Menschen aufrecht hielten. Sie faulten zu Ende im Herbstregen. Jeder wollte noch vor dem Winter ein neues Dach. Sie stellten auf die Gräber frische Holzkreuze. Die abgeholzten Plätze waren gut zu Versammlungen. Große Feuer hielten bis in die Nacht die Bauern zusammen. Die Soldaten wußten Bescheid: die Welt wird ganz anders. In Rußland gibt es einen Lenin, die Erde wird den Herren weggenommen, Wald und Feld wird den Bauern gegeben.

Hinter dem Wald lag das Bergwerk von Akna Slatina. Kranke Hütten froren verdrossen in schmierig weißem Salzreif. In die schiefen Mäuler der Schenken war ein Brei von Menschen eingestopft, aufgeweicht in Schnaps. Drin verdunsteten ihre Gedanken zu Träumen, Zorn zu Flüchen.

Jetzt kamen auch Arbeiter auf die Holzplätze. Aus dem dicken Menschenknäuel hoben sich Gesichter, Arme und Fäuste. Durch die dicke Luft der Kneipen hämmerten schwarz auf weiß die Buchstaben der letzten Communiqués.

Der einbrechende Winter wickelte noch einmal die wilden Dörfer in Schnee. Im Frühjahr brachten Boten den Umsturz aus Ungarn.

Diesseits der Karpathen standen Arbeiter und Bauern zur roten Diktatur. Flugblätter kamen bis in die Wälder, nisteten selbst in der Dorfgasse. Die Dorfgemeinde von Hruschowo wählte Woytschuk zum Dorfrichter.

Einige Wochen lang sprang der Schneebach die Mulde herunter. Holzfuhrwerke und Herden rissen neue Wege in die Wälder. Um diese Zeit war früher das Vieh in eine dürftige, klägliche Freiheit getrieben worden. Jetzt kam es auf tiefe, unbekannte Weideplätze. Es drückte seine Hälse gegen die Erde, betrunken von der Weide, satten Glanz in den dünnen, müden Augenspalten. Der leichte Himmel stieg hoch, glänzte und senkte sich wieder schwer von Sonne. Der Sommer war stiller als das Frühjahr. In den Wachttürmen gingen wieder Lichter an. Über die Landstraße trappelten Reiter, sie ritten auf fremden, lustigen Pferden und trugen fremde Uniformen. Niemand wußte, wer sie waren. Aber sie waren keine von diesen Waldverschenkern und Landverteilern. Woyschuk wußte, Rumänen. Manchmal fanden die Bauern Flüchtlinge in ihren Holzstapeln versteckt. Sie waren hineingekrochen, schwach vor Hunger hängengeblieben und wagten sich nicht in die Dörfer. Sie brachten Nachrichten, Sturz der Diktatur, Bauern an ihren eigenen Bäumen aufgehängt, Arbeiter in die Flüsse geworfen mit drahtumwickelten Beinen. In den Tälern wurde der Holzschlag seltener. In der schweren Luft war das frische Pferdegetrappel. Abends auf den Feuerplätzen vermischte sich Angst und Warten in eine Unruhe, die wie ein Schwaden über den Dächern stand. Alles duckte sich flüsternd, im Schatten von etwas Schwerem, Finsterem, das schon ganz nahe war, aber noch nicht zu sehen. Lenin hat sich endlich auf ein Pferd gesetzt und reitet. Er wird nicht mehr lange zusehen, die Herren haben Angst bekommen. In Uschhorod schicken die Fabrikanten Mehl und Tee an die Arbeiterheime. Die Bankiers bieten sich an, der Partei Geld zu leihen. Die Russen stehen vor Warschau. Dann war es vollkommen still, es kam gar nichts mehr, die Zeit war durchgerissen.

Eines Tages kamen fremde Männer nach Hruschowo und fragten nach dem Dorfrichter. Sie traten in Woytschuks Stube, Woytschuk mußte erst aus dem Wald geholt werden. Die Fremden flüsterten zuerst miteinander, schwiegen aber bald, denn die Stube bedrückte sie.

Sie sahen sich schweigend um, senkten dann die Lider. In der zunehmenden Dämmerung verschwanden ganz und gar die fremden, unverständlichen Umrisse. Nur ein paar helle, neugierige Augen blieben im Dunkeln stehen, in der Luft, im Winkel unterm Tisch. Sogar auf dem Ofen gingen auf einmal Augen an; die Fremden rückten dicht zusammen. Woytschuk trat schnaufend ein und machte Licht. Jetzt war alles deutlich: die Frau, das Kind, das Kälbchen und jemand Uraltes auf dem Ofen. Die Fremden legten ein Papier auf den Tisch. Ein neuer Staat war aufgestanden. Er hatte Gesetze erlassen und Grundbücher revidiert. Er forderte von der Gemeinde Hruschowo Pacht für dic benutzte Weide und Entschädigung für das gefällte Holz. Woytschuk riß das Papier durch. Die Fremden fragten, ob das der Wille der Dorfgemeinde sei. Woytschuk blies in das Häufchen Schnitzel. Die Fremden gingen zornig weg.

Im folgenden Monat kam der Exekutor von Gendarmen begleitet nach Hruschowo. Sie sollten das Vieh eintreiben. Die Bauern trennten den Exekutor von seinen Gefährten. Sie warfen ihn nieder, prügelten ihn, banden ihn auf eine Fuhre, die ließen sie die Landstraße bergab fahren. Die Gendarmen zogen ab, rechts und links streifte ein Klumpen Fäuste ihre Ohren. Sie duckten die Rücken, als könnten die Arme aus dem Dorf herauswachsen. Ein paar Steine fielen dicht hinter ihnen nieder.

Am nächsten Abend brachten die Bauern ihre Holzfuhre auf die Halde. Ruschtschuk saß auf dem Bock, ein alter Bauer und noch einer hockten hinten, zuhinterst der kleine Ruschtschuk. Die Zweige rissen ihre Backen, rupften dem alten Bauern den Bart. Der schlug zornig nach den Zweigen, die lange weggeschnellt waren, neue rupften ihn schon. Da wurden sie angerufen, eine große Streife Gendarmen, Ruschtschuk versuchte die Fuhre anzuhalten, hinten riefen sie „Weiter!" Da machte er weiter, da wurde geschossen. Ruschtschuk merkte, daß etwas anders war, in seinem Rücken war es jetzt still und kahl und leer, er trieb aber zu. Er hielt auf der Halde und kroch über das Holz, der kleine Ruschtschuk war getroffen. Der ältere Ruschtschuk wollte etwas Furchtbares, Verfluchtes unternehmen gegen den Tod, konnte aber nichts tun, als den Körper des Knaben, der schon von selbst ausgestreckt war, ganz geraderichten über den braunen, dünnen Stämmen.

Ruschtschuks Mutter hätte ihr Leid nicht stolzer tragen können, wenn sie gewußt hätte, daß dieser Schuß der erste gewesen war in einer stolzen Gefolgschaft von Schüssen. Tränen und Händeringen mußten auch schnell geschluckt sein, weil sie Arme und Augen brauchte für die Sorge um das Vieh und viele andere Kinder. Am offenen Grab redete der Pfarrer abgenutzte Worte über den jungen Toten. Die Frau heftete den harten, trockenen Blick gerade auf seinen Mund. Der Pfarrer ermahnte die Bauern, daheim zu bleiben, statt solche Wege zu gehen und Knaben mitzuschleppen. Aus der Kehle der Frau, wo sonst bei Grabreden das Weinen herauskommt, kam ein trockenes, böses Knurren. Die Bauern wurden unruhig, der Pfarrer kam schnell zu Ende. Nach dem Begräbnis traten die Bauern zusammen. In den Dörfern war das Vieh beschlagnahmt worden, die Frauen hatten gejammert, die Männer waren verwirrt worden. Sie hatten einen Vertrag gemacht. Ein Teil des

Viehs war ihnen gelassen worden und die Zahlungen gestundet. In Hruschowo gab es keine solche Wennundaber-Bauern. Ihr Entschluß war durch und durch hart. An keiner Stelle hatte da ein junges Weib ein Loch hineingeheult, ein Endchen weich gebettelt. Sie nahmen ihre Waffen mit und fällten weiter. Nachts hieß es, Soldaten kommen nach Hruschowo. Die Bauern schafften ihr Holz fort. Sie verteilten das Vieh auf entlegenen Plätzen. Junge Burschen besetzten die Zugänge zu den Weiden. Nur eine kleine Vierzehnjährige, ein armseliges, fahles Mädchen, von nicht ganz klarem Verstand, das von nichts was wußte, kauerte wie jeden Sommer auf der Halde, im Schatten der einzigen Kuh. Die braunen und weißen Schecken des Kuhrückens waren ihrer schmalen, einfältigen Stirn eine vertraute Landschaft, wie anderen Wolken und Wälder. Sie blinzelte verschlafen zu den Soldaten herauf. Auf einmal war der große warme Berg weg, Schatten von ihrem Kopf gerissen, die Halde war leer. Das Mädchen rannte laut schreiend ins Dorf.

Abends wurde geschossen. Sie brachten zwei junge Bauern, einer davon war der ältere

Ruschtschuk. Die Bauern sagten, die Ruschtschuk müßten viel für den Wald leiden. Er lag schwer, kam aber wieder auf. Bei den ersten Schüssen zuckte das Dorf. Die Menschen ließen alles aus den Händen und drückten sich zusammen. Die nächsten Schüsse blieben in der Luft hängen, jedes blinzelte für sich, die Hände hielten ihre Arbeit. An einer Stelle umkreisten Soldaten die Weide und trieben das Vieh auf die Straße, unerträglich langsam schob die holprige Landstraße die paar Männer und das Koppel Vieh durch den tiefen Wald. Endlich kam die ersehnte Biegung, da war das Tal, ordentliche Dächer im Grund, über dem hellen Abhang zerfloß der Wald in große zackige Schatten. Sie trieben durch den Schatten, die Straße dahinter war weiß von Sonne. Da kam aus dem Waldrand eine Ladung Schrot, das ganze Koppel blieb im Schatten stecken. Über dem Dorf durchbrach ein Dutzend Burschen auf ihrer Fuhre die Soldatenstreife, sie zogen die Schüsse hinter sich her bis in die Dorfgasse. In den Dörfern horchten jetzt die Bauern nach Hruschowo, sie hatten ihre Wenn und Aber verschluckt, die neuen Pachtverträge taten ihnen im Herzen weh, die Jungen ärgerten sich, in ihren eigenen Löchern zu stecken, statt in Hruschowo, wo Väter und Brüder um Holz und Weide kämpften und blutig aus dem Wald heimkehrten.

Wie immer um diese Jahreszeit blieb der Sommer stehen, rückte nicht weiter, konnte sich nicht losreißen. Die Luft war so klar, daß das Ferne nah war. Aber über dem Wald lag dünner Rauch, aus dem der Herbst wurde. Woytschuk verließ bei Nacht das Dorf, erreichte auf einem abseitigen Bogen die Landstraße und begab sich nach Uschhorod. Dort erstattete er der Partei Bericht.

Er blieb drei Tage. Am dritten Abend kehrte er mit dem Parteibeauftragten zurück. Die Frau hatte ihn schon lange erwartet, ihre Lider zuckten. Sein kleiner Sohn stand in der Tür und saugte den Fremden ein mit großen feuchten Nasenlöchern. Der Beauftragte klopfte seinen runden Kopf, der einen Klang gab, wie eine Nuß. Er war müde von dem Weg, kreuz und quer durch die Berge in der Dunkelheit, zwischen Soldatenposten. Das ganze Dorf roch nach frischem Holz. Gleich nach seiner Ankunft drängten sich die Leute in Woytschuks Tür. Sie waren alle an irgendeiner Stelle verwundet.

Auch Frauen und Kinder hatten verbundene Köpfe und Arme. Da war keins, das nicht irgendwo sein Vieh verteidigt hatte, sein Holz bergab gefahren. Das ganze Dorf hatte mit seinen Leibern die Mulden zugestopft. In seinem Kopf erstarrten alle diese Berichte, die verbundenen Köpfe, die Schüsse, der Geruch des Holzes zu harten zornigen Sätzen. Er las auch ein Flugblatt vor, das im vorigen Monat in Uschhorod gedruckt war. Seine Stimme bügelte alle Stirnen rundherum in dünne Falten, sie ließen das Flugblatt herumgehen, verschluckten mit großen Augen ganz und gar die schwarzen Brocken von Worten. Woytschuk wollte ihn wieder zurückbringen. Da bestanden zwei ältere Bauern, Sedoriak und Lakata, darauf, den Rückweg mitzumachen.

Woytschuk hatte einen weiten Bogen durch die Wälder gemacht und war von Süden her nach Hruschowo gekommen. Die beiden setzten sich in den Kopf, zur Nacht daheim zu sein. Sie kletterten schräg über die Abhänge, bis sie an die Mulde kamen, in der der Schneebach geflossen war.

In der Mulde wuchs kein Gras. Nackte verknorpelte Wurzeln wanden sich ineinander, wie verschlungene Arme, verflochten sich hier und da mit den äußersten Spitzen allzu schwerer Äste. Die beiden krochen auf allen vieren. Tief unter ihnen glänzte ein Lichtchen des Dorfes, wie eine helle Kugel, die die Rille heruntergerollt und dort liegengeblieben war. Es war vollkommen still. Jeder dünne Ton war der Anfang einer zarten Folge von Tönen. Ein Stein fiel herunter, streifte das Laub, ein erschreckter Vogel pustete. Draußen war noch Sommer gewesen, von innen kroch der Herbst aus der Erde. In der Mulde stieg der Nebel wie Rauch. Die Männer fühlten sich vollkommen geborgen. Der Wald legte den Nebel um sie herum wie eine Mutter die Röcke um ihre Kinder. Es war ihnen lästig, immer zu kriechen. Sie traten aus der Mulde heraus, der Nebel war ganz dicht, die schweren finsteren Bäume warfen Schatten, alle Töne waren von vornherein ausgelöscht. Sie kannten gleichwo die Richtung und fühlten sich vollkommen sicher. Auf einmal wurden sie angerufen, nicht mal aus großer Entfernung. Sie duckten sich auf die Erde und warteten. Noch zweimal wurde gerufen. Sie verhielten sich lange Zeit ganz still, bis sie weitergingen. Es wurde geschossen, ziemlich weit weg, jenseits der Mulde. Die Schüsse waren fast weich, vom Nebel eingewickelt. Die Männer gingen vorsichtig, aber ruhig. Sedoriak kam es vor, ein Ast hätte ihn vor die Brust gestoßen. Lakata machte viele Schritte, ohne zu merken, daß Sedoriak nicht mehr hinter ihm ging. Als er sich umdrehte, lag Sedoriak ein Stück hinter ihm auf der Erde, schon tot. Zuerst zerrte er den Toten hinter sich her, dann war ihm klar, daß er nicht mit dem Toten entkommen konnte. Er merkte sich den Ort und stieg allein herunter.

Im Dorf hatte man die Schüsse gehört, die Leute waren bis auf die Halde gestiegen. Im Entgegenkommen erblickte Lakata unter allen Gesichtern zwei ganz ähnliche, weiße, seine Frau und die Frau des andern. Seine Frau fuhr auf und drehte sich zu der andern. Die stieß sie bös weg. Die Bauern umringten Lakata, traten gleich auseinander, ein Teil ging in das Dorf zurück, ein kleinerer Teil machte sofort kehrt und stieg in den Wald. Lakata zuerst. Die Frau wollte mit, wurde zurückgeschickt, trat ein Stück weiter oben aus den Bäumen und ging jetzt doch mit. Es war immer noch

Nebel. Sie wurden angerufen, sie riefen zurück: „Wir Hruschowo.“

Inzwischen hatten die Soldaten den Toten gefunden, sie drehten ihn nach allen Seiten. Bis jetzt hatten sie noch keinen von diesen störrischen Bauern zwischen den Händen gehabt. Sie zogen ihm die Mütze vom Gesicht, das Gesicht eines älteren, bedächtigen Mannes, eines von jenen Bauerngesichtern, die der Tod nicht viel verändert, weil sie von vornherein für alle Zeiten geprägt sind, für kurze und für ewige. Die Soldaten, junge Kerle, wurden stille. Sie knöpften seinen Wams auf, in der Tasche hatte er eine Pfeife, ein Messer und eine durchlöcherte Münze. Er hatte einen Brustbeutel um. Hemd und Beutel waren blutig. Im Beutel war Sedoriaks Besitz an Bargeld, zwölf Kronen, und ein reinlich zusammengefaltetes Stück Papier, das Flugblatt. Sedoriak hatte nicht lesen gekonnt, hatte aber die Worte auswendig behalten und trug das Blatt sorgfältig bei sich. Die Soldaten machten das Papier glatt und reichten es weiter. Dann trugen sie den Toten herauf, sie stießen mit den Bauern zusammen. Lakata sagte: „Wir wollen Sedoriak.“ Die Soldaten fragten: „Seid ihr Verwandte?" Die Frau sagte: „Ich bin die Frau", sie sah einen der Soldaten nach dem anderen an. Alle waren jung, wie ihre eigenen Söhne. Die Männer bekamen den Toten. Der Frau reichte man den Beutel und die Pfeife. Die Frau zitterte mit Schultern und Lippen, aber ihre Hände blieben ruhig, wie sie die Sachen in ihr Tuch knotete, feste ordentliche Knoten. Die Männer trugen den Toten herunter. Die Frau ging ein Stück hinterdran, ihre Knie waren weich, der ganze Berg war weich, aber ihre Finger waren hart, die die Zipfel des Tuches zusammenhielten. Sedoriak wurde schon am folgenden Tag begraben. Einen Pfarrer gab es nicht bei diesem Begräbnis, aber Woytschuk sagte über den Toten solche Worte, daß die Frau ihre Lider fest in ihr Gesicht hineinpreßte, alle Tränen dahinter einsperrend.

In der Begräbnisnacht kamen neue Soldaten in den Bergen an, sie hatten den Befehl, das Dorf einzukreisen. Das taten sie schnell und lautlos. Über die Gemeinde Hruschowo war der Belagerungszustand verhängt. Auf der Halde wurden sechs oder acht Burschen abgefangen. Sie hatten keine Waffen bei sich.

Sie wehrten sich, bekamen Schläge über den Kopf und wurden schnell weggetrieben. Sie wurden noch am Abend nach Ust eingeliefert. Ihre Einlieferung fand geheim und unvorhergesehen statt. Da döste nur irgendein Junge, Nüsse kauend, über dem Bahngeländer und schielte nach den knallroten Wämsen. Durch irgendein aufgeklemmtes Fenster fragte irgendein junges Weib nach den zusammengekoppelten Rücken. „Bauern aus Hruschowo."

Sie wurden am Gefängnis von einer Menge empfangen, die man vergebens in die Gassen hereinpuffte. Die Rücken der Bauernjungen reckten sich, schienen zum Spaß gefesselt. Mit Ah und Oh liebkoste die Menge einen Knaben, Sedoriaks Bruder, fast so hoch wie die anderen, mit noch ganz spiegelglattem Apfelgesicht. Sie sahen sich lächelnd um, sie waren nicht allein.

Vor zwei Tagen hatte der Parteibeauftragte Bericht in Uschhorod erstattet. Flugblätter waren verteilt worden. In Ust, in Uschhorod in Akna Szlatina fanden Versammlungen statt. Nochmals zerschlugen Fäuste die dicke Luft, nochmal riß eine Hoffnung die Menschen hoch über die Dächer ihrer faulen, klebrigen

Buden. Die rote Flut der vergangenen Jahre war über die Karpathen geschwemmt, zurückgegangen und stehengeblieben. Sie hatte nichts zurückgelassen, als einen Wald von Hruschowo, der sollte bleiben. Der sollte bleiben, bis die Flut wiederkam. Die Arbeiter aus den Salzbergwerken traten zusammen und zogen in die Berge.

In Hruschowo waren die Dorfausgänge von Soldaten besetzt. Niemand durfte zum Nachbarn gehen oder auf dem Weg stehenbleiben. Vor Woytschuks Tür standen Soldaten Wache. Er war verhaftet und sollte in die Stadt gebracht werden. Nachts waren alle Augen offene Löcher im Dunkel. Die Türen waren gesperrt, aber überall zwischen den Wänden geschah dasselbe. Der Nebel über den Bergen senkte sich, die Straße weichte glatt, wie frischer Brei, ohne Fußstapfen, bis auf die Spur der Patrouillen. Der Wald vor dem Fenster war fremd und dünn, wie ein fliegender Wald, das Muhen der Kühe klang entfernt, wie das Muhen fremder Dörfer. Sie machten Licht an. Als das geschehen war, hatten die Bauern alle nötigen Bewegungen gemacht, alle nötigen Worte gewechselt. Im Wald wurde

Alarm geschossen. Von einem Ende der Gasse rief ein Soldat, vom andern rief es zurück. Die Bauern horchten. Woytschuk sprang auf, riß die Tür auf, die Soldaten waren weg. Er lief über die Gasse, klopfte an die Fenster. Er lief gegen den Wald, der Ausgang der Gasse war frei. Die Bauern liefen ihm nach, sie stiegen alle zusammen auf die Halde. Die Halde war still. Hinter der Stille wurde geschossen. Sie sahen sich rund um, es war aber nichts zu sehen, als die Dorflichter, verdoppelt durch die offengelassenen Türen. Sie stiegen weiter. In ihren Ohren verfing sich ein Sausen, aus ihren Köpfen oder aus der Ferne. Jemand rief von weit oben: Arbeiter aus Akna Slatina.

In dieser Stunde liefen in Prag aufgeregte Nachrichten ein aus allen Teilen des Landes, von Streiks und Kundgebungen für die Bauern von Hruschowo. Die Regierung in Prag wollte keinen Aufstand wegen einem Waldstreifens in den Karpathen. Die Soldaten wurden zurückgezogen.

Ungefähr zwei Wochen später trat der Regierungsbevollmächtigte in Woytschuks Stube mit dem neuen Vertrag. Woytschuk las sehr langsam. Nach jedem Wort schloß er die

Augen und bewegte die Zunge, als schmecke er die Worte und versuchte auf den letzten Grund des Geschmacks zu kommen. In dem Vertrag stand geschrieben, daß der Wald den Bauern von Hruschowo für alle Zeiten in Pacht übergeben sei. Angesichts der Verhältnisse war die fällige und die rückständige Pacht bis auf weiteres erlassen. Woytschuk schrieb mit zugepreßtem Mund seinen Namen und gab den Vertrag zurück. Sein kleiner Sohn stemmte das Kinn gegen die Tischplatte. Seine Augen waren aufgerissen, seine Nasenlöcher gebläht. Er verstand nichts, als zwei Hände über dem Tisch, breit und vertraut die eine, fremd und mager die andere.

Diese Geschichte habe ich erzählen hören vom Sekretär der Partei im Bezirk Karpatho-Rußland.

Er hat auch erzählt, daß derselbe Woytschuk eines Tages zu ihm kam, um zwanzig Kronen zu borgen für eine Fahrt nach Rußland. „Wenn ich dir, Woytschuk, auch zwanzig Kronen gebe, so nützen sie dir nichts, denn Rußland ist weit, und die Fahrt ist teuer.“ „Gib nur und laß mich machen.“ Er bekam die Kronen und kaufte sich dafür eine Sense.

Als der Herbst anbrach, verdingte er sich mit seiner Sense als Knecht von Feld zu Feld. Hinter sich die nackte braune Erde, vor sich die Ernte, ermähte er seinen Weg nach Rußland, wo er hinkam.

AUF DEM WEGE ZUR AMERIKANISCHEN BOTSCHAFT erschien 1930 im Gustav Kiepenheuer Verlag.

In einem *Dank an Gustav Kiepenheuer* schrieb Anna Seghers 1950: «Gerade in einer Zeit, in der das Land und seine Sprache dicht vor der Gefahr standen, von innen heraus verwüstet zu werden, hat er sich für Namen eingesetzt, die heute wie damals mit Freiheit, Kühnheit und Klarheit verbunden sind.»

Von Verfolgung und Repression durch die zur Macht gelangten Nationalsozialisten war dieser Verlag besonders betroffen: 1933 wurden 75% der Verlagsproduktion verboten und zum Teil vernichtet, die meisten seiner Autoren emigrierten. Und als 1936 *Die Passion in 60 Bildern* des Künstlers Otto Pankok im Verlag ediert wurde, erfuhr sie eine aggressiv antisemitische Denunziation als «Kunstbolschewismus» durch das «Schwarze Korps» (Organ der Reichsführung SS), die zugleich darin eine größere Tradition einschloss: «Und vom Verlag her gesehen (Gustav Kiepenheuer, Berlin) ist es eine bodenlose Unverschämtheit, 1936 (!) ein solches Werk herauszugeben, das allerdings völlig der Tradition der Firma entspricht. Man braucht sich nur der erlesenen Gesellschaft seiner Autoren zu erinnern: Lion Feuchtwanger, [...] Ernst Glaeser, Anna Seghers, Heinrich Mann, Ernst Toller, Arnold Zweig, Bert Brecht». Pankoks Buch wurde dann verboten und eingestampft.

Diese wenigen Angaben und Zitate mögen zeigen: Verboten und verbrannt wurden 1933 viele unterschiedliche Bücher, doch verdammt und aus Deutschland verdrängt werden sollten ganze Gebiete und Richtungen literarischer Arbeit, und somit war die Gesamtheit der Literatur, der Kultur jener Zeit betroffen. Die Aktion der Bücherverbrennung wie die Ausarbeitung von Listen auszusondernder Druckschriften zielte auf weitreichende Eingriffe: man wollte Haltungen zur Welt und künstlerische Verfahren ausschließen, die dem Leser neue Wirklichkeitsbereiche, Milieus und Erfahrungen zugänglich machten, die soziale Antagonismen der modernen Gesellschaft darstellten wie auch widerständiges und alternatives Verhalten zu ihr, und die dabei vielerlei Innovationen in die literarische Kultur einbrachten – Haltungen und Verfahren, die auf mannigfache Weise gerade auch in der Produktion des Verlages Gustav Kiepenheuer zum Tragen gekommen waren.

Fragen wir uns, warum Anna Seghers auf die Liste der vom Nazismus verfemten Autoren geriet – war es, weil man sie als Teil einer größeren kulturellen Strömung sah? War es, weil sie Jüdin war? Weil sie Kommunistin geworden und als solche in den frühen dreißiger Jahren auch in Publizistik und öffentlichem Agieren bekannter geworden war? Sicherlich ist ein Komplex von Gründen zu vermuten, darunter jedoch nicht zuletzt die Eigenart und Leistung der literarischen Arbeiten, die Anna Seghers vor allem seit 1928 in rascher Folge vorlegte.

Aufsehen erregte sie bereits mit ihrem ersten Buch, *Aufstand der Fischer von St. Barbara,* besonders nachdem es mit dem Kleistpreis 1928 ausgezeichnet worden war. Hans Henny Jahnn, der in diesem Jahr über die Vergabe des Preises zu entscheiden und dazu mehr als 800 Einsendungen geprüft hatte, begründete seine Wahl mit einer besonderen Begabung, die er bei Seghers wirken sah: «Ich habe den Preis der heute achtundzwanzigjährigen Anna Seghers zuerkannt, weil ich eine starke Begabung im Formalen gespürt habe», heißt es zu Beginn seiner Erklärung, die die Verleihung des Preises indes auf zwei Arbeiten bezog: auf *Aufstand der Fischer* und die Erzählung *Grubetsch.* Diese lag noch nicht in Buchform vor, war aber 1927 bereits durch einen Zeitungsdruck publiziert worden, und sie überzeugte Jahnn, sobald er davon Kenntnis erhielt, vom außerordentlichen Talent der jungen Autorin. In seiner Begründung suchte er es näher zu bestimmen, wenn er schrieb: «Bei großer Klarheit und Einfachheit der Satz- und Wortprägung findet sich in den beiden Novellen ein mitschwingender Unterton sinnlicher Vieldeutigkeit, der den Ablauf des Geschehens zu einer spannenden Handlung macht.» Mit den Vokabeln ‹Klarheit› und ‹Einfachheit› einerseits, ‹Vieldeutigkeit› andererseits benannte Jahnn Züge, die man als gegensätzlich auffassen kann, ihr Zusammenspiel, Zusammenklang jedoch machten für ihn den eigenartigen Reiz und Reichtum der Texte der Autorin aus. Auch die folgenden Sätze bestimmen die Eigenart von Seghers' Prosa, indem sie auf die Vielschichtigkeit des Dargestellten und auf die Antriebe gezeigten Lebens weisen: «Die Gestalten sind nicht so sehr Träger einer Handlung als Äußerung in ihnen wirksamer Kräfte. Darum verbrennt Alles, was als Tendenz erscheinen könnte, in einer leuchtenden Flamme der Menschlichkeit.»

Grubetsch war eine von vier Erzählungen des Bandes *Auf dem Wege zur amerikanischen Botschaft*, in verschiedenen Jahren entstandener Texte (*Grubetsch* 1926, *Die Ziegler* 1927/28, die Titelerzählung und *Bauern von Hruschowo* 1929/30), die sich unterschieden in Darstellungsbereich und Erzählart. Man könnte sie mit ihren varianten Ansätzen auch als eine Reihe von Versuchen, von Experimenten poetischer Weltaneignung ansehen. Auffällig ist: die Geschichten sind nicht angesiedelt in Milieu und geistiger Welt der bürgerlichen Herkunftssphäre ihrer Verfasserin Netty Reiling aus Mainz (die 1927 als Seghers, ab 1928 als Anna Seghers publizierte) oder dem der Intellektuellen, in dem sich die junge Frau während ihres Studiums in Heidelberg bewegt hatte. Dies gilt generell – in den ersten Erzählstücken, an denen sie sich erprobte (z. T. erst vor kurzem bekannt geworden: *Die Toten auf der Insel Djal. Eine Sage aus dem Holländischen*, gedruckt 1924, *Die Legende von der Reue des Bischofs Jehan d'Aigremont von St. Anne in Rouen*, entstanden 1924/25, *Jans muß sterben*, entstanden 1925), und dies gilt später in den Romanen und Erzählwerken – Anna Seghers war eine Autorin, die nicht bestrebt war, mit der Darstellung der eigenen sozialen und geistigen Lebenswelt persönliche Probleme unmittelbar zu klären, vielmehr eine, die ihre Aufmerksamkeit richtete auf ihr unbekannte Wirklichkeitsbereiche, die neugierig war auf Menschen, welche anders lebten, von anderem geprägt und bewegt wurden als sie selbst und die im Schreiben weitere Ausschnitte von Welt und Beweggründe der Menschen in ihnen erkundete.

Die Erzählung *Grubetsch* (wie dann auch *Die Ziegler*) führt in städtische Lebensräume, in den engen Bereich eines Hofs in einem Proletarierquartier. Dieser soziale Bezirk wird beschrieben auf eine intensive Weise, die darauf deutet, wie die Örtlichkeiten – armselige Mietskaserne, der baumlose Hof im Innern ihres Gemäuers, die Kneipe im Kellergeschoss – korrespondieren mit der Lebensweise der Arbeiter und Arbeitslosen, die in ihnen existieren, und wie sie insgeheim ihnen entkommen möchten. Durch die Figur des Grubetsch, des Bindungslosen, der nur auf Zeit in der Hof-Welt lebt, wird diese ereignislose Sphäre in Bewegung gebracht, seine Ungebundenheit, sein Abweichen von der Gleichförmigkeit im Leben der anderen, fasziniert. Vorgeführt werden verstörende Begegnungen, die offenlegen, wie das Verlangen nach Ausbruch aus dem Gleichmaß des Gewöhnlichen jedem Menschen eigen ist; in der dargestellten Lebenslage jedoch führt es vor allem zu destruktiven, auch selbstzerstörerischen Verläufen.

Ähnlich wie in dieser Geschichte wird in *Die Ziegler* ein städtisches Milieu aufgeblendet, hier indes eines in den ärmlichen Behausungen, die Kleinbürgerleben umschließen. Die Daseinsweise der Kleinbürgerfamilie und deren Mentalität vermittelt die Erzählung vor allem von der Optik der handelnden Figuren aus, besonders des Mädchens Marie. In ihr personifiziert sich die völlige, das eigene Lebensrecht hingebende Unterordnung unter das Kleingewerbe, dessen Untergang unaufhaltsam ist, doch unbefragt als unveränderbar angenommen wird. Dazu gehört ein Sich-Abfinden mit der zunehmenden Beschränkung der räumlichen und materiellen Bewegungsmöglichkeiten. Spürbar ist auch hier die Sehnsucht der in der Vereinzelung lebenden Menschen nach Ausbruch aus der Umklammerung der gegebenen Verhältnisse; während in der vorgestellten Konstellation dem Mädchen, der jungen Frau, die Chance dazu nicht gegeben wird, versucht ihr älterer Bruder diesen Ausbruch – wenn ihm dies auch nicht ohne Beschädigungen im Humanen gelingen kann. Seghers stellt die hilflos in den Verhältnissen gefangenen Menschen sachlich schonungslos vor, ohne Beschönigung ihrer unbelehrt bleibenden, starren Haltung. Sie steht einer Verklärung der Familienidylle, die von der Moderne zerrieben wird, ebenso fern wie deren Denunziation. Nicht getragen von einer Mitleidshaltung, vermag sie im Erzählen das tiefe Bedauern spürbar zu machen, das dem Verschleiß, der sinnlosen Zerstörung menschlicher Kräfte gilt.

Mit der Erzählung *Auf dem Wege zur amerikanischen Botschaft* wandte sich die Autorin einem zeitgeschichtlichen Sujet zu, das sich auf politische Ereignisse bezog: die weltweit sich entwickelnde Protestbewegung gegen die Hinrichtung von Sacco und Vanzetti, zweier aus Italien stammenden anarchistischen Streikführer in den USA, die unter falschen Beschuldigungen angeklagt, zum Tode verurteilt und trotz Demonstrationen gegen den geplanten Justizmord im August 1927 hingerichtet wurden (ihre Rehabilitierung erfolgte im Jahr 1977). Dieser Fall hat die zeitgenössische Literatur stark bewegt, auch international; unter den verbotenen Büchern von 1933 sind nicht zufällig zwei Romane aus den USA (von Nathan Asch und Upton Sinclair), die sich um diese Vorgänge drehen. Seghers' Erzählung hatte so teil an einem internationalen und internationalistischen Zug in der Literatur dieser Jahre, jedoch vollzog sich dies auf eine ganz besondere Weise. Die Protestbewegung wird in den Text gebracht durch eine leitende Frage, die die Verfasserin 1931 in einer *Selbstanzeige* ihres Erzählbandes formulierte: «Was geht in einer Viererreihe während einer Demonstration vor? Was begibt sich mit diesen vier verschiedenen, einander völlig fremden Menschen?» Vorgestellt wird ein äußerer Vorgang – der Demonstrationszug, wie er durch die Straßen geführt wird, gestoppt, attackiert von der Polizei – und zugleich werden Vorgänge im Innern der Figuren präsentiert, Gedankenfetzen, Assoziationen, aufsteigende Bilder und Empfindungen. So entsteht eine spannungsvolle Gleichzeitigkeit von Außen und Innen, die ganz verschiedene individuelle Motivationen, sich in die Demonstration einzureihen, erkennbar macht. Das von der Autorin radikal durchgeführte Verfahren, den Text vor allem durch innere Monologe der Figuren und erlebte Rede aufzubauen, führt vor Augen, wie Menschen simultan gleichlaufend mit höchst Unterschiedlichem beschäftigt sein können, wie mitten in einer politischen Handlung Privates erwogen werden kann, Erinnerungen, Ängste, Gelüste sich melden. Zum Besonderen der Erzählkunst von Anna Seghers gehört, dass sie uns mit einem solchen psychologischen Phänomen von allgemeiner Relevanz konfrontiert und dass sie dabei – ohne es zu formulieren – das Angebot macht, das Private in der gesellschaftspolitischen Aktion nicht als völlig aufgehoben, es aber doch als in seiner Wertigkeit relativiert anzusehen.

In der *Selbstanzeige* bekundete Anna Seghers, sie sei mit der Titelgeschichte ihres Buches nicht zufrieden wegen der darin erreichten erzählerischen Lösungen. Dagegen nannte sie zwei Stücke, die ihr «am besten gefallen»: *Die Ziegler* und *Bauern von Hruschowo*. Die Bauerngeschichte unterscheidet sich von den übrigen in mehrfacher Hinsicht. Sie ist angesiedelt in einer geographisch und zeitlich bestimmten ländlichen Gegend, den Karpaten nach dem Ende des Weltkriegs, wohin die Kunde von der Umwälzung der Besitzverhältnisse in Sowjetrussland gelangt und Widerhall findet – die Bauern beginnen den Kampf um den Wald, den sie zum Leben brauchen. «Der Hunger wird zur Kraft, ein kleines, dumpfes Dorf steht plötzlich hell da», umschreibt die Autorin das Geschehen in der *Selbstanzeige*. Wesentlich unterschieden sind auch Erzählstil und -ton: Seghers verbindet die «einfache Beschreibung von wirklichen Vorgängen» mit einem Märchen- oder Legendenton; sie übermittelt Begebenheiten zugleich genau und in überhöhender Stilisierung und stellt so die ungewöhnlichen Ereignisse einer Rebellion dar, die weit über den engen Bezirk Rückhalt findet, eines Aufstandes, der durch Solidarität gelingen kann. Diese Erzählweise, die sie für sich hier erstmals erprobt, bewährte sich, man kann es verschiedentlich im späteren Werk der Dichterin entdecken.

Unerträglich war eine Schriftstellerin wie Anna Seghers den eilfertig fanatischen Leuten, welche sich 1933 anschickten, die Literatur des ‚Dritten Reichs' von all dem zu säubern, was dem sich etablierenden Nazismus im Wege war. Denn konträr zu dessen «heroischer Weltanschauung» stand das, was die Autorin schrieb und zu sehen, zu bedenken geben wollte. Ihre Haltung im Zugriff auf gesellschaftliche Realitäten, die die Widersprüche nicht verkleisterte, sondern wahrzunehmen und zu erhellen strebte, die soziale Genauigkeit, mit der sie Menschen und ihre Umwelt aufeinander bezog und daraus differenziert ihr Verhalten ableitete und ihr Verlangen, all dies fundierte eine Wahrhaftigkeit, die sich nicht vertrug mit der ideologischen Fiktion einer «Volksgemeinschaft» und einer ihr dienstbaren «idealistischen Lebenshaltung». Ein unversöhnlicher Gegensatz dazu ist begründet im humanistischen Kern des Schreibens von Seghers, der bereits ihrem Frühwerk eigen ist wie später dem in der Emigration Geschaffenen. Wesentlich wird die Überzeugung, in Jedem und in Jeder wirke die Sehnsucht nach sinnvoller Existenz, der Wunsch nach Überschreiten des Gegebenen, die Suche nach Gefährten, nach Bewährung der eigenen Kräfte. Und gleichermaßen gehört dazu, Jedem und Jeder einen Anspruch auf humanes Dasein, auf Produktivwerden der eigenen Energie zuzumessen. Anna Seghers ist Realistin im Blick auf Menschen und Verhältnisse, deshalb weist sie im sachlichen Vorzeigen von Erfahrungen auf die Gefahr hin, dass brachliegende humane Kräfte abgebogen und ins Destruktive gewendet werden. Daher gibt es, wie die *Selbstanzeige* vermerkt, in «diesen Geschichten ... viele verzweifelte und untergehende Menschen». Ohne sentimentale, heroisierende oder romantisch verklärende Sicht arbeitet sie so, «daß man hinter der Verzweiflung die Möglichkeit und hinter dem Untergang den Ausweg spürt.»

Silvia Schlenstedt